हरा तोता

जापान के महान् रचनाकार मिचियो ताकियामा की क्लासिक गाथा *Harp of Burma* का अविकल हिन्दी अनुवाद

मिचिया ताकियामा

हिन्द पॉकेट बुक्स
पेंगुइन रैंडम हाउस इम्प्रिंट

हिन्द पॉकेट बुक्स

यूएसए। कनाडा। यूके। आयरलैंड। ऑस्ट्रेलिया। सिंगापुर
न्यू ज़ीलैंड। भारत। दक्षिण अफ्रीका। चीन

हिन्द पॉकेट बुक्स, पेंगुइन रैंडम हाउस ग्रुप ऑफ़ कम्पनीज़ का हिस्सा है,
जिसका पता global.penguinrandomhouse.com पर मिलेगा

पेंगुइन रैंडम हाउस इंडिया प्रा. लि.,
चौथी मंजिल, कैपिटल टावर -1, एम जी रोड,
गुड़गांव 122 002, हरियाणा, भारत

पेंगुइन
रैंडम हाउस
इंडिया

प्रथम संस्करण हिन्द पॉकेट बुक्स द्वारा 2012 में प्रकाशित
यह संस्करण हिन्द पॉकेट बुक्स में पेंगुइन रैंडम हाउस द्वारा 2022 में प्रकाशित

10 9 8 7 6 5 4 3 2

इस पुस्तक में व्यक्त विचार लेखक के अपने हैं, जिनका यथासंभव तथ्यात्मक
सत्यापन किया गया है, और इस संबंध में प्रकाशक एवं सहयोगी
प्रकाशक किसी भी रूप में उत्तरदायी नहीं हैं।

ISBN 9789353495619

मुद्रक: रेप्रो इंडिया लिमिटेड

www.penguin.co.in

FSC www.fsc.org MIX Paper from responsible sources FSC® C047271

This is a legitimate digitally printed version of the book and therefore might not have certain extra finishing on the cover.

हिन्द पॉकेट बुक्स

हरा तोता

मिचिया ताकियामा जापानी लेखक होते हुए जर्मन साहित्य के विद्वान, साहित्यिक आलोचक और चिंतक थे।

उनका जन्म 17 जुलाई 1903 को ओसाका शहर में हुआ था। उनके पिता एक बैंक कर्मचारी थे। लेकिन मिचिया बड़ा आदमी बनना चाहते थे और उन्होंने इसीलिए जर्मन भाषा में विशेष योग्यता हासिल की। कम आयु में ही आपने लेखन कार्य करना शुरू किया और जल्द ही एक लोकप्रिय लेखक बन गए। 15 जून 1984 को आपका निधन हुआ।

मिचियो ताकियामा

1903-1984

परिचय

मिचियो ताकियामा यूं तो पैदा हुए जापान के शिज़ुओका में। ठेठ और खांटी जापानी ठहरे। मज़े की बात देखिए कि जर्मन साहित्य में रम गए; और ऐसे रमे कि तोक्यो विश्वविद्यालय से स्नातक उपाधि भी जर्मन साहित्य में ही ली। ...और तो और ताकियामा ने तो ऐसा कमाल कर दिखाया कि जो इनमें साहित्य का सरोकार था, इसी कारण उन्होंने तमाम जर्मन क्लासिक के जापानी भाषा में अनुवाद का निर्देशन किया। इस कार्य की चारों तरफ़ प्रशंसा हुई।

विचित्र स्वभाव के थे। जापान में जैसे उनका मन ही नहीं लगता था। थोड़े समय उन्होंने तोक्यो के फ़र्स्ट हाई स्कूल में बच्चों को पढ़ाया और फिर जापान छोड़ दिया। अब वह यूरोप में थे और पढ़ाई जारी थी।

ताकियामा जापानी लेखकों की लहलहाती फ़सल के बीच अच्छी तरह घुले-मिले हुए थे। यह ज़माना द्वितीय विश्व युद्ध और उसके बाद का था। इसी दौर में उन्हें प्रतिष्ठा मिली। उन्होंने मानवतावाद पर धधकते हुए चिंतनपरक लेख लिखे। इन लेखों के विचारों

ने ही उन्हें चिंतनशील लेखक के रूप में ससम्मान पीठासीन किया। आख़िर वह मातृ शिक्षा-संस्थान लौट आए और तीन साल तक प्रोफ़ेसर रहे। बाद में वह कामाकुरा सिटी रहने लगे। वह सार्वजनिक रूप से तो अवकाश प्राप्त कर चुके थे, पर लेखकीय रूप से कभी अवकाश पर नहीं गए।

शिक्षा प्राप्त करने के बाद सबसे पहले उन्होंने नीत्शे और इब्सन पर काम करना शुरू किया। ये अनुवाद थे। उसके बाद आलोचना की ओर उन्मुख हुए। उनका एक उपन्यास प्रकाशित हुआ। जापानी नाम है 'बिरुमा नो तातेगोतो', यानी 'बर्मा की सारंगी'। इसका अंग्रेज़ी संस्करण 'यूनेस्को' की समकालीन साहित्य की अनुवाद संकलन योजना के अंतर्गत प्रो. हावर्ड हिब्बेट द्वारा तैयार किया गया था। अंग्रेज़ी नाम है 'हार्प ऑफ़ बर्मा' (Harp of Burma)। हिंदी में इसका अनुवाद 'हरा तोता' नाम से किया, हिंदी के प्रख्यात कथाकार, आलोचक और अनुवादक तथा 'केंद्रीय हिंदी निदेशालय' के निदेशक डॉ. गंगाप्रसाद विमल ने। इसमें गहरी मानवीय संवेदना है। उपन्यास पर शीघ्र ही फ़िल्म बनी और देखते-ही-देखते उसने नाट्य-रूप भी धारण कर लिया और मंच पर प्रदर्शित किया गया। यह इतना चर्चित हुआ कि आख़िर इसे साहित्यिक पुरस्कार भी मिल गया।

यह गायन का जादू था, जिसने जापानी सिपाहियों में सहनशीलता जगाई और उन्हें यह अहसास दिलाया कि यदि युद्ध में किसी की हार होती है, तो उस यथार्थ पर विश्वास करना ही चाहिए। गायन पूर्व स्मृतियों को पूरित कर देता है और प्रत्येक से प्रेम में सहयोग करता है। गायन ऐसा जादू है, जो ध्वनियों में बहकर कानों में उतरता है और लबों पर थरथराता है। गायन की अंतर ऊर्जाएं (तरंगे) प्रत्येक में समाती चली जाती हैं, फिर निकलते हैं उन्माद-भरे समवेत स्वर और गायन अपनी आनंदमय रिद्म से दिलों को उल्लास से भर देता है। वे सब कुछ भुलाकर गाते हैं—'होम स्वीट होम' यानी उनके बीहड़ और प्रतिहिंसा से भरे दिलों में

भी अपना प्यारा घर ज़िंदा है।

यहां तक कि यह कहानी उन लोगों को भी प्रेरणा देती है, जिन्होंने युद्ध के दिनों में संगीत की स्वर-लहरियां बिखरती देखीं। लेखक यह ज्वलंत विचार देना चाहते हैं कि राजनैतिक उत्तेजना फैलाने वाले मानव-मन की स्वाभाविक चेष्टाओं को नहीं देखते।

'हरा तोता' द्वितीय विश्व युद्ध के बारे में एक मर्मस्पर्शी और मानवतावादी कहानी है, जो आज भी जनमानस को झकझोर देती है और युद्ध के विरोध में उठ खड़ा करती है। विशेष रूप से यह युवा पीढ़ी के लिए ज़बरदस्त प्रेरक कृति है, क्योंकि आने वाले समाज की व्यवस्था उन्हें ही करना है और युद्ध के महाविनाश से संपूर्ण मानव-जाति को बचाना है।

यह एक ऐसी पुस्तक है, जिसे आप कभी नहीं भूल सकते। आप इसे पढ़कर रख भी देंगे, तो यह आपके मस्तिष्क में स्थिर हो जाएगी और आपको निरंतर सोचने के लिए मजबूर करती रहेगी।

❑

समुद्र पार देशों से लड़ाई के बाद लौट रहे हमारे जापानी सैनिकों की हालत दर्दनाक थी। वे शक्तिहीन, बेहद कमजोर और थके दिखाई पड़ते थे। उनमें से तो कुछ घायल भी थे और कुछ अपंग भी।

लेकिन लौट रहे सैनिकों में एक दस्ता सदाबहार सैनिकों का भी था। वे हमेशा कुछ-न-कुछ गा रहे होते। यहां तक कि वे तरह-तरह की रागनियों में कठिन पदावलियां भी बखूबी गाते थे। जब वे मुकोसुका तट पर उतरे थे तो सैनिकों का स्वागत करने आए लोग भी उन्हें देख कर चकित रह गए थे। वे इतने खुश दीखते थे कि उन्हें मिलने वाला हर आदमी उनसे पूछता कि क्या उन्हें ज्यादा राशन मिलता था।

उन लोगों के पास फालतू राशन का भंडार नहीं था। लेकिन बर्मा की लड़ाई के दौरान उन्होंने समूह-गायन का विलक्षण अभ्यास किया था। उनका कैप्टेन, जो ताजा-ताजा संगीत विद्यालय से निकला था, उत्साहपूर्वक अपने सैनिकों को संगीत सिखाने का काम करता था, समूह गान का अभ्यास ही वह चीज़ थी जिसकी वजह से वे समग्र उकताहट और भयावह कठिनाइयों के बीच अपना उत्साह बनाए रख सके। और उसी चीज़ ने उन्हें लंबी लड़ाई के बीच अनुशासन और मैत्री-भाव में बांधे रखा। अन्यथा वे उस चरम उत्साह की स्थिति में कैसे घर लौट पाते।

उनमें से एक सैनिक ने मुझे यह दास्तान सुनाई थी।

रागधारी दस्ता

सचमुच हम लोगों ने अनेक गीत गाए। चाहे हम खुश हों या नाखुश। हर हाल में हम गीत गाते रहते। संभवत: इसलिए भी कि हम युद्ध और मौत की भयावह छाया में रहते थे। हम यह महसूस करते थे कि जब तक जीवित हैं कम-से-कम तब तक कुछ काम तो करना ही चाहिए। चाहे जो भी हो, वे सामूहिक गीत हमने अपने दिल से गाए थे। गाने के लिए हमने संजीदा गीतों को भी चुना। खासकर उन गीतों को जिनमें एक किस्म की गंभीरता होती है।

अचानक हमें एक सुंदर झील दीखी थी। जिसके तटों को मकानों के धब्बों ने ढका हुआ था। वह एक सुंदर गांव था, जहां किसी प्राचीन बर्मी राजा का ग्रीष्म-कालीन महल था। सफेद मकानों की दीवारों के आधे हिस्से खाड़ी के किनारों में डूबे हुए थे। अपनी झिलमिलाहट में वे दीवारें पानी में पूरी दीखती थीं। विजातीय गुंबदों, मीनारों और घंटाघरों के ऊंचे शिखर ऊंचे आकाश में दूर तक फैले हुए थे। गर्म देशों के चमकोले आसमान में बहुत दूर तक।

क्या आपने कभी दूधिया रंग का चकमक पत्थर देखा है। बर्मा का आसमान भी ठीक वैसी ही कोई चीज़ थी। चकमकदार खेत चारों तरफ से चमकदार, रंग बदलने वाले धब्बों से जड़ा हुआ आसमान। ऐसे आसमान में दूर तक। फैली हुई वर्तुल आकारों वाली मीनारों को देख ऐसा लगता था जैसे आप स्वप्न देख रहे हों।

अपने पड़ाव के उन आरंभिक तीन दिन हमने उस गांव में जगकर रात-रात

भी संगीत–अभ्यास किया था। हमने पुरानी अतीत रागी धुनें तथा 'ध्वस्त खण्डहर के ऊपर चांद' जैसी लोकप्रिय धुनें भी गायीं। मजेदार धुनों के अलावा जर्मनी और इटली की मुश्किल धुनों का भी अभ्यास किया। वहां, उस सुरम्य दृश्यों वाली झील के तट पर कैप्टेन ने अपनी छड़ी निदेशन के रूप में खुशी के आवेग में धुनों के साथ हिलाई थी, हम सैनिक भी अपने गाए गीतों की रम्यता से मुग्ध थे। हमने अपने हृदय की गहराई से वे धुनें गायी थीं।

एक दिन हमने कई बार 'मेरा प्रिय घर' नामक धुन चार-चार, की टोलियों में बंट कर एक स्वर में गायीं। 'मेरा प्रिय घर' एक उत्कट इच्छापूर्ण शोकाकुलता का एक ऐसा गीत है जो आपके दिल में उथल-पुथल या उत्तेजना पैदा करके ही रहता है। जब हम वह गीत गा रहे थे तो हमें अपने घरों, परिवारों की याद आ गयी, काश हम उन्हें यह सुरम्य दृश्य दिखा पाते, उन्हें अपना यह गीत सुना पाते।

उस अभ्यास के बाद कैप्टेन ने आदेश दिया, "अच्छा, आज के लिए इतना ही काफी है। कल इसी वक्त हम किसी नई धुन के लिए कोशिश करेंगे। इसके बाद टुकड़ियां बिखर जाएं।" तब कैप्टेन ने एक सैनिक को आवाज़ दी, "क्या तुमने यह बाजा बना लिया।"

मिज़ूशिमा एक कार्पोरल था। वह दुबला, मामूली कद का गठा हुआ नौजवान था। उसके शरीर का रंग धूप को तीव्रता से करीब-करीब काला पड़ गया था। उसकी आंखें स्फटिक की तरह साफ चमकीली थीं, लेकिन वे अंदर की तरफ एक आले की तरह धंसी हुई थीं। हमारे दस्ते में आने से पहले मिज़ूशिमा ने संगीत की कोई शिक्षा नहीं पायी थी। परंतु वह निश्चित ही जन्मजात प्रतिभाशाली था। क्योंकि उसने जल्दी ही काफी कुछ सीख लिया। परंतु संगीत उसके लिए आत्मीय आवेग था, उसके अलावा वह किसी भी चीज़ के बारे में नहीं सोचता था, उसने खुद अपनी वीरता की तरह की एक सारंगी हमारे सहगान में सहयोग देने के लिए बनाई थी और जल्दी ही वह इतना प्रवीण हो गया था कि वह अपने बाजे से तुरंत कोई भी धुन निकाल लेता था।

बर्मा जैसी सुदूर जगहों में सैनिकों के पास संगीत-वाद्य होना कितनी अजीब कल्पना है। परंतु हमारे पास सचमुच ही हर तरह के बाजे थे। अगर हमारे सैनिकों के वे कई तरह के वाद्य यंत्र आपके सामने रखे जाएं तो आपके पास एक मजेदार संग्रह हो जाएगा। हमारी सेना कहां-कहां गयी इसका अंत नहीं, किंतु जब भी हमें वक्त मिला हमने एक-न-एक वाद्य यंत्र बनाया। हममें से तो कई एक बढ़ई भी थे जो आश्चर्यजनक तरीके से बेढंगी सामग्री से अच्छी

चीज़ें तैयार कर लेते। मामूली नरसल या बांस की नली पर छेद करके एक अच्छा बिगुल बना डालने में हम बेहद कुशल थे। हाथ की थाप से बजाए जाने वाले बाजों का जहां तक सवाल है, मैंने पाया कि बिल्ली या कुत्ते के चमड़े को लकड़ी की चौखट पर तानकर तंबूरे की तरह की ढफली बनाई गयी थी और यहां तक कि पेट्रोल के पुराने ड्रमों में से एक पर चमड़ा तानकर एक बड़ा ढोल भी बनाया गया था। बाघ के चमड़े का एक ढोल भी बनाया गया था, जो भयंकर कांपने वाली गर्जना करता था। कुछ यूनिटों के पास तो वायलिन और गिटार भी थे, हालांकि यह कल्पना भी कठिन है कि वे कैसे बनाए गए होंगे।

हमारे दस्ते में जिस बाजे का हमने प्रयोग किया था वह एक किस्म की वीणा थी। जो बर्मा वासियों द्वारा प्रयुक्त वीणा की एकदम नकल थी। उसका आकार मोटे जंगली बांस जैसा था, जिसे बांस के दूसरे टुकड़े से जोड़ा हुआ था तथा तांबे, स्टील और अल्मूनियम के तारों से, मोड़कर कसा हुआ था। उस बाजे के निचले हिस्सों में चमड़े की तांतों का उपयोग भी किया गया था। काफी मुश्किल किस्म की मेहनत के बाद हम लोग इस काबिल हुए थे कि उस आश्चर्यजनक वीणा पर संगीत का अभ्यास कर सकें।

कार्पोरल मिज़ूशिमा उस वीणा का उस्ताद था। उसने उस वीणा को ठीक रखे जाने के लिए हर तरह का सामान बनाया था। जब उसने उस पर सुरें निकालीं तो वे स्वर लहरियों पियानो के आधे स्वरों तथा जापानी बीन के स्वरों की मिली-जुली आवाज़ें थीं जो हवा में लटकी हुई प्रतीत होती थीं। पहली बार मिज़ूशिमा की हालत मखौलियों की हालत लगती थी, सूरज के ताप से जले हुए जिस्म वाला एक सैनिक जिसने लड़ाई में जाने वाले सैनिकों की टोपी पहनी हुई थी, हाथों में नाज़ुक यंत्र लिए, उसे बजा रहा था जैसे किसी समाधि में तल्लीन हो।

मिज़ूशिमा को जब 'मेरे प्रिय घर' की धुन उस बाजे पर निकालने के लिए कहा गया तो उसने तुरंत बीच में पिछली धुन काटकर वह धुन बजायी। धुन इतनी साफ और दिलचस्प थी कि लगता था जैसे किसी अकेले गाए जाने वाले पद को मेहनत से गा रहा हो। बाकी सैनिक उसे सुनने के लिए चारों तरफ जमा हो गए, उनके हाथ स्तब्ध बंधे हुए थे और आंखें बंद थीं।

हवा भारी खुशबूदार और गतिहीन थी। वीणा का संगीत झील के चारों कोनों की यात्रा करता हुआ जंगल के दूसरे छोरों से पानी के पीछे से टकरा कर लौट रहा था। वह ढाक के अनगिनित पेड़ों का वन था। आप बंदरों को उल्लास क्रीड़ाओं में व्यस्त देख सकते थे। पक्षियों के भिन्न स्वर, जो आगे-पीछे

मंडरा रहे थे, उन्हें सुन सकते थे।

ठीक उसी वक्त कहीं से एक मयूर फड़फड़ाता हुआ हम लोगों के पास से गुजरा और फिर तुरंत हवा में तैरता हुआ उड़ गया। उसके पंखों ने हवा को बेतरह झिंझोड़-सा दिया और जैसे ही वह उड़ा, उसकी परछाईं झील की सतह पर सरकती हुई फिसल गयी।

वह सचमुच में एक स्मृति है। युद्ध का ज्वार हम लोगों की ओर मुड़ गया था। इसलिए स्पष्ट था कि हमारी हालत बदतर हो गई थी। अनजान इलाकों में पहाड़ों से पहाड़ों तक भागते रहने के लिए हम शेष रह गए थे। हमारे भागने का एक ही लक्ष्य था किसी तरह पूर्वी सतह की ओर स्याम की पहाड़ियों तक पहुंचा जाए। एक बार जान-बूझकर हमने एक सीधी चढ़ाई वाली सुनसान पगडंडी चुनी और घंटों उस सीधी थकाने वाली पगडंडी को पार करने में बिताए। दूसरे मौके पर हमने झूलों के एक पुल से गुजरना पसंद किया। जो एक गहरी संकीर्ण घाटी के बीच हवा में झूल रहा था। एक-एक करके हमारे ट्रक नष्ट हो गए थे, इसलिए आखिर में हमें अपना साजो-सामान भैंस-छकड़ों या खुद अपनी पीठों पर लादना पड़ा। जहां भी हम गए अपनी मेहनत से खाने की सामग्री जुटानी पड़ी। हम हतभाग्य लोगों के लिए यह निर्वासित-सा समय था। और जीवन का एक बहुत खतरनाक दौर था।

हमें अनेक भयावह अनुभवों से गुजरना पड़ा। कई बार तो ऐसे मौके आए तब हमने सोचा कि हम अपने आखिरी वक्त में पहुंच गए हैं। परंतु ऐसे मौकों पर कार्पोरल मिज़ूशिमा का बाजा दैविक चमत्कार बन जाता था।

ऊंची पहाड़ियों में एक रात अचानक हमने पाया कि हमें दुश्मन ने घेर लिया है। धीरे-धीरे उन्होंने अपना घेरा छोटा करना शुरू किया और हमें एक तंग दर्रे में घेर लिया। हम अपना रास्ता भूल गए थे और सिर्फ तारों की वह रोशनी देख सकते थे जो पेड़ों के ऊपर से छन कर आ रही थी जिनके नीचे हम थे। हम पूरी तरह से घिर चुके थे।

दुश्मनों की सेनाएं पहाड़ियों की चोटियों पर, हमारे दाएं-बाएं, इकट्ठी हो चुकी थीं और हमें खोजने के लिए रोशनी के संकेत छोड़ने लगीं। हमारे सिरों के ऊपर लगातार गोलियों की बौछारें पड़ रही थीं। गोलियां इस गति से हवा में तीखा शोर पैदा कर रही थीं जैसे कोई रेशमी कपड़े को दो हिस्सों में फाड़ रहा हो। और जैसे ही हम सोचते कि गोलीबारी खत्म हो गयी एक डरावना विस्फोट हमारे उस छोटे दर्रे में गरज पड़ता और तब चट्टानें और मिट्टी पत्थर की बौछारें हमारी ओर गिर पड़तीं।

यह सोचते हुए कि हमारा निश्चित रूप से खात्मा हो जाएगा, हम जल्दी-जल्दी अंधेरे में पेड़ों के नीचे दर्रे की सीली जमीन पर जमा हो गए। हम सब मरने के लिए तैयार थे। हम वहां भयानक चुप्पी में बैठे हुए थे अपनी पीठों को कुबड़ाए हुए, खुली आंखों से अंधेरे की ओर देखते हुए। मैं अपने गले के पास ही खुद अपने दिल की धड़कन जोरों से सुन सकता था।

पहाड़ी के सिरों पर रोशनी के धब्बे इधर-उधर घूमते हुए पहले से भी ज्यादा तेजी से चमक रहे थे। उसी वक्त हमारे किसी जवान ने चेतना खो दी, तभी तो एक तरफ से बड़बड़ाने की आवाज़ आयी, 'बुद्ध के गुणों का बखान करो।'

मैंने एक तीखी डांट भरी फुसफुसाहट सुनी थी......। वह मिज़ूशिमा था, "दुश्मनों के आदमी यहीं-कहीं हो सकते हैं," वह फुसफुसाया। फिर सब चुप हो गए। ऊपर से फिर एक साधारण गोलाबारी की आवाज़ आयी। बारूद के गोले हमारे इतने पास टूटते थे कि हम कुछ क्षण के लिए अंधे हो जाते थे। मिट्टी के टुकड़ों, चट्टानों को बारिश हमारे ऊपर होने लगती या कभी किसी पेड़ की शाखाओं की खपचियों के टूटने की आवाज़ सुनाई देती थी।

जब यह सब थोड़ी देर के लिए खामोश हुआ, मिज़ूशिमा कैप्टेन के पास गया और कुछ फुसफुसाया। कुछ क्षणों के बाद अकेले अपनी वीणा को लिए हुए। उसने दर्रे के सामने चढ़ना शुरू किया। केवल आसमान में तारे चमक रहे थे। आप मिज़ूशिमा का आकार पेड़ों के बीच देख सकते थे जब तक वह पहाड़ी के शिखर पर जाकर विलुप्त नहीं हो गया था।

मुझे पता नहीं कि कितनी देर बाद शायद थोड़े ही समय बाद। हमने झाड़ियों और पेड़ों के तनों के बीच कुछ ही गज दूर पर टहनियों की खड़खड़ाहट सुनी फिर हमने सुना जैसे झाड़ियों को हटाकर कोई आ रहा हो। दो आदमी अंग्रेजी में बातें कर रहे थे—

"यहां तो कोई नहीं है," एक सख्त किंतु जवान आवाज़ बोली–"कोई जानवर होगा।"

कुछ क्षणों की चुप्पी के बाद दूसरा बोला–"मुझे एक सिगरेट की ज़रूरत है।

"बहुत जोखिम है, रहने दो!" पहला बोला।

"क्या मतलब है, यहां सब ठीक है। वे इस ओर नहीं हैं।"

हमने माचिस रगड़ने की खड़खड़ाहट सुनी और उसी दिशा में माचिस की तीली की लौ देखी। दो ब्रितानी सैनिक एक गोलाकार सालिगराम के ऊपर

बैठे हुए थे। माचिस की रोशनी में उनकी लाल और नीली आंखें चमक पड़ी थीं। वे स्काउट थे। माचिस की रोशनी तुरंत बुझ गई थी। हमने अपनी सांसें रोकी हुई थीं। वे स्पंदनहीन बैठे हुए थे। अंधेरे में भी एक दूसरे को अलग देख सकते थे लेकिन दुश्मन के थे सैनिक हमें नहीं देख पाए।

उनमें से एक ने मंद-मंद सीटी बजानी आरंभ की। दूसरे ने मंद आवाज़ में गुनगुनाना आरंभ किया। उस धुन को हम जानते थे। वह 'फायर फ्लाय ग्लियर' की धुन थी। उनमें से एक ने उदासी की लंबी सांस भरी और बोला, "मुझे आश्चर्य है कि मेरा परिवार कैसे चल रहा होगा?"

ठीक उसी वक्त हमने एक वीणा की आवाज़ सुनी जो पहाड़ी के दूसरे हिस्से से आ रही थी। शुरू में वह एक दुःखांत संगीत स्वर था लेकिन जल्दी ही वह इतनी आवेगमय हो गई कि वह एक अंध किस्म से विचलित करने वाली धुन बन गई।

रोशनी की हलकी ठहराव वाली सिगरेट का एक सिरा आश्चर्य में तीखा सुलगा, "वह क्या है," एक स्काउट ने आश्चर्य से पूछा, "मैं कुछ सुन रहा हूं।"

"मैं भी कुछ सुन रहा हूं। चाहे जो भी हो, वह सचमुच जानता है कि धुन कैसे निकाली जाती है।"

पहाड़ों के सिरों की रोशनी के समूह एक क्षण के लिए इकट्ठे दिखाई दिए फिर वह रोशनी दूसरी घाटी की तरफ, जहां से वीणा के स्वर आ रहे थे, मुड़ गई। अंधेरे में, हमारे बहुत करीब, दुश्मनों के स्काउट उत्तेजना में बातें कर रहे थे। "चलो, इधर देखें, शायद जापानी हैं।"

"मूर्ख मत बनो गांव के कोई आदमी होंगे। शायद वे जानते होंगे कि जापानी कहां हैं ?" दोनों सैनिक बेढंगे तरीके से पहाड़ी के ऊपर चलने लगे।

वीणा कुछ देर के लिए बंद हो गई फिर बहुत दूर उसकी आवाज़ सुनाई दी। जब हमारा एक आदमी इसकी खोज के लिए गया तो उसने देखा कि दुश्मनों की रोशनियां जैसे बहुत दूर की ओर फुसलाए हुए ले जा रही हों।

इस चाल से उस बार हम बचाए गए। कार्पोरल मिज़ूशिमा दूसरी सुबह हम लोगों के पास घावों और खरोचों से भरा हुआ वापस आया।

युद्ध के दौरान अक्सर हम पर गुरखों के आक्रमण हुए। ये निर्दयी सैनिक हरे रंग की वर्दी पहनते थे और अपनी चमड़े की पेटियों में धारीली खुखरी रखते थे। वे पेड़ों पर इंतजार करते और जैसे ही हम नीचे से गुजरते हमें अचानक ही गोलियों की बौछारों के बीच घेर लेते। हम गुरखों से किसी भी चीज़ से ज्यादा डरते थे, और जहां भी हमने सुना कि वे पास ही के गांवों में हैं, हम

उनसे बचने के लिए किनारा कर लेते थे।

अगर हम किसी जंगल में जाते जो खतरनाक लगता तो कार्पोरल मिजूशिमा हमेशा बर्मी पहनावे में देखभाल के लिए हमसे पहले चला जाता।

बर्मी हम जापानियों से बहुत मिलते-जुलते हैं, इससे कि उनकी छोटी दाढ़ी होती है। मिजूशिमा तो 21 वर्ष का था और चेहरे पर छोटी दाढ़ी थी, आंखें ठीक बर्मियों की तरह साफ थीं।

उसकी चमड़ी गहरे भूरे रंग के पकाए हुए चमड़े की तरह थी। सब होते हुए भी हालांकि वह साहसी और हिम्मती था लेकिन वह दुःखी दीखता था उसकी मुद्रा विचारशील, चिंता मग्न व्यक्ति की तरह थी, ठीक जैसे गर्म देश के बर्मा के लोगों की थी, शायद उष्ण देशों की शुष्क जलवायु के कारण। और जब वह छापे की लाल-पीली लुंगी अपने चारों तरफ लपेटता तो बर्मी ग्रामीण की तरह दिखाई देता था।

वह अपने बर्मी पहनावे में इतना ठीक लगता था कि अक्सर हम हंसते और उसे कहते–"मिजूशिमा, तुम्हें तो बर्मा में ही रहना चाहिए। बर्मी लोग तुम्हें यहां बहुत चाहते भी हैं।"

मिजूशिमा भी यह सुनकर हंसता और अपनी तरफ देखता उसका यह देखना भी उसे बर्मी बनाने में एक और वाक्य जोड़ देता। "हां, मैं जन्मजात बर्मी हूं। बर्मा एक खूबसूरत देश है।"

अपने छद्म वेश में वह वीणा लेकर जंगल की तरफ चला जाता और ओझल हो जाता। अगर वह सोचता कि सड़क सुरक्षित है तो वह वीणा बजाता हुआ देशज गीत गाता हुआ निकल जाता। तब हम सारे लोग अपनी छिपी जगहों से बाहर निकल आते और आगे बढ़ते।

एक दफा मिजूशिमा सीधे गुरखों के दस्ते में चला गया। एक विशाल ढाक पेड़ पर सीधे आगे की ओर टांगें फैलाए शाखाओं के बीच एक गुर्खा छिपा था उसकी लाल आंखें और ऊबड़-खाबड़ मूंछें थीं। वह आदमी बैठा हुआ अपनी पैनी आंखों से उसकी निगरानी करने लगा। जैसे ही मिजूशिमा ने स्थिति का अंदाजा लगाया, उसने और ज्यादा हरी वर्दियों वाले चेहरे पेड़ों तथा झाड़ियों में इधर-उधर छिपे देखे।

अब सड़क से बाहर निकलने में काफी देर हो गई थी। मिजूशिमा ने उत्साहपूर्वक एक बर्मी पुजारी की धुन बजानी आरंभ की और सीधे विशाल पेड़ के नीचे चला गया।

गुरखे ने अवश्य ही उसे मांगने वाला गायक समझा होगा क्योंकि उसने

मिज़ूशिमा को तरफ नीचे एक सिक्का फेंका। चार-पांच दूसरे सैनिकों ने भी पहले का अनुकरण किया और नीचे की तरफ उसकी ओर सिक्के बिखराए ? मिज़ूशिमा ने सिक्के उठाए और पूर्व के परंपरागत तरीके से झुककर अभिवादन किया तथा सिक्कों को अपने माथे की ओर परंपरानुसार लगाया। फैली शाखाओं के नीचे बैठे हुए सैनिक ने आलस में अपनी टांगें हिलायीं और जोरदार आवाज़ में पूछा–"सुनो, तुमने जापानी देखे हैं ?"

मिज़ूशिमा ने अपनी बांहें ऊंची कीं और दूर पहाड़ी की तरफ इशारा किया। गुरखे ने स्वीकार में सिर हिलाया और कमर में बंधी खुखरी निकाली तथा पेड़ से एक सुगंधित फल काटा और वह उसकी तरफ नीचे फेंका।

दुबारा मिज़ूशिमा धन्यवाद के लिए झुका। तब उस पेड़ के नीचे खड़े होकर जिस पर बहुत से गुरखे छिपे बैठे थे। उसने गुरखों के साथ मिलकर वह धुन बजाई, जो हमारे लिए खतरे की सूचना थी।

दूसरे मौके पर मजाकिया घटना हुई। मिज़ूशिमा दुश्मनों की खोजबीन के लिए बहुत अर्से से गया हुआ था, उसके न लौटने से हम चिंतित हो गए थे। आखिर में जैसे ही हम उसकी खोजबीन के लिए दूसरे खोजी को भेजने ही वाले थे, हमने एक बुझा-बुझा-सा गीत सुना, वह खतराहीनता का संकेत था, जो जंगल के बीचो-बीच कहीं से आ रहा था।

चैन की सांस लेकर हम लोग जंगल की ओर बढ़े और हमने पाया कि मिज़ूशिमा अपनी दोनों टांगें जोड़े लंबी घास में खड़ा निराशा में वीणा बजा रहा था। और हम मिज़ूशिमा तक पहुंचे तो यह देखकर स्तंभित रह गए कि उसने लुंगी की जगह अपने को केले के एक लंबे पत्ते से लपेटा हुआ था। उस पत्ते की डंठल का उभरा हुआ भाग पीछे की तरफ ऐसा लग रहा था जैसे पक्षी की पूंछ का पंखा होता है।

"तुम्हें क्या हुआ?" हमने पूछा। उसने सारी बात विस्तार से बतायी कि बर्मी लगने वाले आदमी ने सड़क के किनारे से उस पर झपट्टा मारा और पिस्तौल उसके सिर पर तान दी। वह उन लुटेरों में से एक था जो इस तरफ दिखाई देते थे जो जापानी सैनिकों के छोड़े हुए शस्त्रों का इस्तेमाल करते थे। पर क्योंकि बर्मियों के पास लूटने को खातिर कुछ चीज़ नहीं होती सिवा लुंगी के, सो उस आदमी ने मिज़ूशिमा से उसकी लुंगी की मांग की।

भेद लेने जाने के वक्त मिज़ूशिमा बर्मी देश में हमेशा शस्त्र विहीन जाता था। एक लुंगी के लिए अपनी जान गंवाने का मतलब था अपने कर्तव्य में असफल होना, इसीलिए उसने वही किया जो उससे मांगा गया था।

उन लुटेरों के बारे में मजेदार बात यह थी कि वे हमेशा अपने साथ केले के पत्तों का ढेर रखते थे। बर्मा अपनी लुंगी के नीचे कुछ नहीं पहनते, लंगोट भी नहीं। अगर आप उनकी लुंगी ले जाएं तो उनकी दयनीय और शर्मनाक हालत हो जाती है। इसलिए लुटेरे सहानुभूति वश अपने शिकार को देने के लिए एवजी में ऐसी चीज़ तैयार रखते थे। उनकी भाषा भी मृदु होती थी।

आपकी तरफ पिस्तौल साधे हुए वे यही कहते–"इस केले के पत्ते के लिए अपनी लुंगी बेच दो।"

बर्मा बुद्ध धर्म को भक्तिपूर्वक स्वीकार करने वाला देश है। लोग रहन-सहन के निम्न स्तर के बावजूद संतुष्ट हैं। वे बहुत सीधे हैं, बिना किसी अति लोभवृत्ति के। अगर थोड़े कड़े शब्दों में कहा जाए तो बिना आकांक्षाओं के। यही एक कारण है कि वे प्राकृतिक साधनों की प्रचुरता और शिक्षा के उच्च स्तर के बावजूद आज की दुनिया की प्रतिद्वंद्विता में पिछड़ गए हैं। नृशंस अपराधियों का अस्तित्व बर्मा में कभी नहीं रहा। यहां तक कि नए-नए हथियारधारी लुटेरे भी परंपरागत विनम्रता का व्यवहार करते थे।

यह हमारा भाग्य था कि लुटेरों की नज़र लुंगी पर थी बाजे पर नहीं।

इस तरह हमने तरह-तरह के गंध देने वाली घास के बीच झुलसने वाली नमी में, केले के पत्ते के अलावा नंगे, मिजूशिमा को पाया था। हम उसके पास पहुंचे और कंधे थपथपाते हुए कहा–"इस अलंकार का क्या मतलब है ? क्या तुम पर किसी लोमड़ी ने जादू किया या कुछ और ?"

मिज़ूशिमा झेंपते हुए हंसा और हमारे छेड़ने का जवाब देने लगा–"केले के पत्ते बहुत आरामदेह ठंड पहुंचाने वाले वस्त्र हैं। तुम लोग क्यों नहीं कोशिश करके इस्तेमाल करते।"

हम चलते रहे। पहाड़ी, घाटियों, जंगलों में पैदल चलते रहे। हम एक उड़नशील दस्ते की तरह थे जिसका विवरण पुरानी लोक कथाओं में मिलता है। हवा की आवाज़ से संत्रस्त लोग।

ब्रितानी फौजें हमें रोकने के लिए हमारे मार्ग में पड़ने वाले गांवों में हवाई जहाज से सैनिक छोड़ते। एक गांव दूसरे गांव को हमारे बारे में खबर करता और अपना भोजन छिपा देते। कभी-कभी तो जब हम बहुत ज़रूरत पड़ने पर किसी एक गांव में पड़ाव डालते तो हम पाते कि ग्रामीणों ने दुश्मनों को खबर कर दी और तब हम पर हमले की आशंका बढ़ जाती। महीनों तक, अर्से तक, हमने अपने सिपाहियों को आराम नहीं दिया। कभी-कभी ग्रामीण कबीले दोस्ताना व्यवहार करते और उनकी मदद से हम धीमी रफ्तार से पहाड़ियों पर चढ़ने में

प्रगति करते।

एक दिन हम पहाड़ की चोटी पर बसे गांव में आए। हमारे बर्मी मार्गदर्शक ने ऐसी तसल्ली दिखाई कि हमें तनिक भी खतरा नहीं है। वह एक लंबा आदमी था। उसका सिर साफ घुटा हुआ था, उसकी खोपड़ी की त्वचा से उभरी हुई नसें झलकती थीं। अपने माथे से पसीना पोंछते हुए बोला, "देखो, तुम दर्रे के पार चले जाओ। तुम सीधे स्याम पहुंच जाओगे।"

हमारे सामने खुलने वाले विशाल दृश्यों की वह समग्रता सचमुच विलक्षण थी। उस दृश्य को देखते हुए जैसे हम खड़े थे। ठंडे शीतल पहाड़ों की हवा हमारे ऊपर बहने लगी थी। जिस दिशा में मार्गदर्शक संकेत कर रहा था, वहां एक किस्म का नीला कुहरा घने पहाड़ों के ऊपर लटका हुआ, डूबे हुए से सूर्य की रेखाओं के खिचाव के साथ दिखाई दे रहा था। उसके दूसरी तरफ कहीं जापानी फौज थी।

"यहां कहीं ब्रितानी, हिंदुस्तानी या गुरखा फौजें नहीं हैं," मार्गदर्शक ने कहा–"आज रात आप लोग अच्छी नींद सो सकते हैं।"

यह एक सचमुच सुरक्षित जगह लग रही थी। हम लोग दूसरे गांव से काफी दूर थे। और हमारे सामने खड़ी चोटी एक गहरी खाई में चली जाती थी, जहां तेजी से बहती नदी के ऊपर ऊंचाई में चीलें मंडरा रहीं थीं। गांव के बीचो-बीच एक खाली जगह थी जिसके दोनों तरफ जंगल था। अंधेरा जंगल और पचास जापानी सैनिक छिपने के लिए इससे अच्छे स्थान की कल्पना भी नहीं कर सकते। कैप्टेन ने कहा–"हम यहां कई दिन रुक सकते हैं ! आराम करते हुए तथा आखिरी मार्च के लिए तैयारी करते हुए।"

जैसे हम गांव के पास पहुंचे, मुखिया और बहुतेरे लोग हमारा स्वागत करने के लिए बाहर आए। हमें खाली जगह के किनारे पर बने एक पक्के बड़े मकान में टिकाया गया। हम लोगों के लिए एक दावत भी तैयार थी। उसमें पीने के लिए शराब भी थी। हम अतिथि रूप से खुश थे।

अभी बर्मी लोग अपने नीति विधान में इतने कट्टर थे कि अपने प्रवचनों के अनुसार उन्होंने कभी नशे वाले पेय नहीं पिए थे। हालांकि यह रिवाज शहरों में शुरू हो गया था, तथापि गांवों में अभी उसका कठोरता से पालन किया जाता था। शराब का मिलना युद्ध क्षेत्र में तो और भी असंभव था। इसलिए लगता था कि गांव वालों को हमारे लिए शराब प्राप्त करने में काफी मुश्किल हुई होगी। हमारे साथ उनका व्यवहार राजसी था। जल्दी ही सहभोज एक जीवंत मनोरंजक दावत के रूप में बदल गया था। गांव के करीब दस नौजवानों ने एक पंक्ति

में खड़े होकर हमें लोक गीत सुनाए। उन सबके बाल घुंघराले थे और आंखें विलक्षण रूप में चमकदार। तब भी वे काले नहीं थे, हम जापानी सैनिक ज्यादा काले रंग के थे। वे नंगे पांव थे और सिवा सुंदर रंगों वाली कमर से लिपटी लुंगी के अलावा नंगे थे। शुरू में उनका गीत सुरहीन बेढब लगता रहा, लेकिन ध्यान से सुनने पर उस गीत की लहरियों में एक अजीब-सी शोकाकुलता मिली। गीत अंतहीन लगता था, जैसे ही आप सोचेंगे, कि गीत खत्म हो गया, तभी अचानक वह फिर से जोर पकड़ता, और चालू हो जाता। वह गर्म देशों का त्रासद, और एक रस संगीत का गीत था।

मार्गदर्शक ने हमारे लिए गीत का अनुवाद किया–

सुदूर कहीं बादलों में हिमालय
की बर्फ़ चमकती है
हम पिघली बर्फ़ की धुंध में भीगते हैं
सुदूर, जहां तुम्हारा हृदय छिपा है
काश, कि मैं
अपना जलता, हुआ अंतर
उस बर्फीली हवा में डुबो पाता।

गीत के बीच हमें अधिक-से-अधिक स्वादिष्ट चीज़ें परोसी गयीं।

रक्तिम गालों, सफेद दाढ़ी वाला मुखिया हमें शराब देने का आग्रह करता रहा। हमारा एक आदमी मुखिया की तरफ मुखातिब हुआ और बोला–"क्या आप यहां से हिमालय देख सकते हैं।"

मुखिया मुस्कराया। उसकी आंखों के पास की झुर्रियां ज्यादा गहरा गयीं, तब जैसे भूलते हुए उसने अपने दोनों हाथों से लंबी दाढ़ी सहलायी और जवाब दिया–"वे यहां से नहीं दिखाई दे सकते। हम उन्हें अपनी लोक कथाओं से जानते हैं।"

बर्मी बचपन से ही लोक कथाओं और सूत्रों के जानकार हो जाते हैं। हमने अक्सर उनके गीतों और कहानियों में हिमालय के प्रसंग सुने हैं। और इन पवित्र पर्वतों की तस्वीरें, भित्तिचित्र हमने उन मंदिरों में देखे हैं। वे उस विशाल पर्वत समूह को अपनी आत्मा का निवास मानते हैं और उम्मीद करते हैं कि वे वहां की एक यात्रा कर पाएंगे। लोग कहते हैं कि बर्फ से आवृत्त वे चोटियां सूर्य की रोशनी में संगमरमर या पिघली चांदी की तरह चमकती हैं, एक लोकोत्तर सुंदर दृश्य की तरह। उन्हीं की तराई में हजारों साल पहले मानव कल्याण के

लिए गौतम बुद्ध ने तपस्या की और मोक्ष प्राप्त किया। यह सब बर्मी लोगों के अनंत विश्वासों का हिस्सा है। यह सब दिमाग में रखे हुए हम उनके गीतों की प्रार्थना के अर्थ समझ सके।

जब गांव वाले गा चुके तो हमने गाना शुरू किया, आखिर हम तो प्रसिद्ध संगीत दस्ता थे। हमने हर तरह के गीत गाए, लेकिन एक जिसकी ज्यादा तारीफ हुई थी वह था 'जीर्ण किले के ऊपर के चांद।' वह सचमुच में बेहतरीन था हम जहां भी गए कोई बात नहीं। हमारे श्रोता कितने ही आदिम लोग हों, सब उस गीत से मंत्रमुग्ध हुए बिना न रह सके।

संगीत से खिंचे गांव की एक विशाल भीड़ हमारे चारों तरफ इकट्ठा हो गयी। बर्मी लोग उत्सवों के प्रेमी छोटे से अवसर पर भी फूल से सजी हुई गाड़ियां ले जाते हैं तथा नाचते गाते हैं। उस वक्त से जब से हम उस पहाड़ी गांव में प्रविष्ट हुए थे, लोग उत्सव के मूड में थे। वे एक दूसरे को देख इस स्पर्धा में हंस रहे थे कि हमारे मनोरंजन के लिए कौन-सी योजना तैयार की जाए। हमारे गीतों का अर्थ उनका धन्यवाद था।

ग्रामीणों ने हमारे गीत इतने ध्यान से सुने जैसे वे किसी उत्सव में हों। बूढ़े लोग दहलीजों पर बैठ गए। बच्चे खिड़कियों पर अपने हाथों में ठोढ़ी टिकाए बैठे झांक रहे थे। ताड़ वृक्ष के नीचे घर के सामने की खुली जगह पर औरतें पीछे इकट्ठा थीं। सब शांत होकर बैठी हुई थीं। सबने हाथ-पांव तरीके से जोड़े सिकोड़े हुए थे।

जो चीज़ उन्होंने सबसे ज्यादा पसंद की वह कार्पोरल मिज़ूशिमा की वीणा थी। वह एक कुर्सी पर अपने घुटनों के बीच वीणा रख कर बैठा हुआ था। और दिनों से अलग ज्यादा उन्माद से बजा रहा था। वीणा रंग-बिरंगे फूलों और पंखों से सुसज्जित थी और जब वह अपने उन्माद में वीणा की तारों को छेड़ता तब फूल और पंख जैसे नाचने लगते।

अचानक, श्रोताओं में से एक किशोरी हवा की मानिंद हल्के रूप में आगे बढ़ी। वह तकरीबन बारह वर्ष की होगी, कसी हुई स्कर्ट और जैकेट जैसी चीज़ कमर के पास पहने हुए थी। उसकी छड़ी-सी पतली बांहें और पैर चंचलता से चमक रहे थे। उसके बालों का आकारवान गुच्छा, पतले रूप में गुच्छित था, ऐसा लगता था जैसे उसने छोटा पगोडा अपने सिर पर धारण किया हुआ हो।

वह किशोरी ठीक कमरे के बीचो-बीच खड़ी थी, उसने अपने चारों ओर के दर्शकों को देखा और नाचने की मुद्रा बनायी। उसने अपना सिर एक ओर

तिरछा किया। अपना बायां हाथ अपने आगे की ओर खींचा। अंगुलियां सीधी की और दायां हाथ अपने वक्ष पर रखा, हथेली को सामने की तरफ घुमाया और अपने हाथों की अंगुलियों और अंगूठे से एक गोल घेरा बनाया ! और तब किसी भी क्षण नृत्य की क्रिया लिए तत्पर उस किशोरी ने अपनी मोटी-मोटी काली आंखें नाचने की मुद्रा में वीणा वादक पर टिकाईं।

मिज़ूशिमा ने वाद्य बजाना आरंभ किया। धीरे-धीरे वह अपना सिर इधर-उधर हर दिशा में नृत्य मुद्रा में चलाने लगी। अपने पांवों को एक के बाद एक ऐसी गति में रखने लगी जैसे पंखा किसी थाप के बल मिले चल रहे हों। अपने पांवों से चक्राकार वृत्त बना वह विजातीय किंतु एक न भूलने वाला सुंदर नृत्य नाच रही थी।

गांव के युवजनों ने उनकी तारीफ में जोरों से हर्ष ध्वनियां कीं और फूल फेंके। उन्होंने एक के बाद एक कई बार हर्ष ध्वनियां कीं। तब अंतिम रूप में वह आयोजन खत्म हो गया। अब मिज़ूशिमा कमरे के एक कोने में, जमीन में अपने घुटनों को सिकोड़ कर बैठ गया, और गांव वाले आनंद मनाते रहे।

"कैसा रहा मिज़ूशिमा," हमने पूछा, "क्या तुम यहीं बर्मा में नहीं ठहरना चाहोगे और अपनी बाकी जिंदगी वीणा ही न बजाते रहोगे।"

मिज़ूशिमा अल्पभाषी था, वह मुस्कराया और कुछ नहीं बोला। तब उसने सीधे आगे की ओर ताकना शुरू किया, जैसे ख्यालों में खो गया हो।

"फिर भी मैं बर्मा पसंद करता हूँ." वह कहा करता। वह उष्ण देश के चमकीले घाम, विविध वर्ण, अनेक रूपों की जिंदगी तथा लोगों के विचित्र रीति-रिवाजों से आकर्षित था। उसे गौरव था कि जब वह लुंगी पहनता था तो ठेठ लोगों जैसा ही लगता था। हालांकि उसने अपनी अंतरात्मा की आवाज़ और अपने देशीय प्यार से अपने कर्त्तव्य का निर्वाह किया था फिर भी प्राकृतिक ढंग से सामान्य जीवन के प्रति उसमें तीव्र बेहद रुचि थी। जब कभी हम किसी घुमक्कड़ बर्मी गायक को देखते तो मिज़ूशिमा उसे घूरता। उसके देखने में ईर्ष्या घुली होती। वह जब कभी स्काउटिंग के लिए जाता तो अपने को बर्मा देश में घुमक्क्ड़ जाहिर करता। हमारा उसे बाकी जीवन बर्मा में ठहरने की बात कह कर छेड़ता संभवत: उसे जो गहरे में छू जाता था।

यह हमारे लिए दुबारा गाने का वक्त था–पतझड़ का चांद, जंगली गुलाब, सभी प्यारी धुनें जो हमें बचपन से आती थीं हमने गायीं, गाते हुए हम अपनी तमाम मुश्किलें भूल जाते थे। हममें से हर एक के पास गानों के साथ जुड़ी हुई स्मृतियां थीं। जिन लोगों को हम प्यार करते थे। वे हमारी अंतर्दृष्टि के आगे

आ जाते थे। मेरी मां, मेरे भाई...वे कैसे देख रहे थे, हमने कभी कल्पना नहीं की थी, शिकारियों के बीच अपने जीवन को जोखिम में डालते उन विचित्र पहाड़ों के बीच की धरती पर गा रहे थे।

हम गाते रहे, गाते रहे। हममें से हर एक ने वे भाव अपने गीतों पर उंडेले। जिन्हें वे साधारणतया व्यक्त नहीं कर पाते थे।

अचानक हमने महसूस किया कि हम अकेले पड़ गए हैं। किसी कारण सब के सब बर्मी लोग वहां से खिसक गए थे।

वह छोटी लड़की, वे युवाजन, यहां तक कि मुखिया भी जो हमें खिलाने में व्यस्त थे। और तो और हमारा मार्गदर्शन भी जिसने हमारे रात के सोने के इंतजाम के बारे में भी वादा किया था। हम उस घर में अकेले थे, बिखरी हुई कुर्सियां और भोज के अवशेष के गीत सुनाते हुए। यहां तक कि बाहर भी खिड़कियों पर, या खाली जगह पर कोई भी बर्मा दिखाई नहीं पड़ रहा था। वे सब चुपचाप ओझल हो गए थे।

एक आतंक-सा हम पर छा गया था, और कोई चीखा, "गाना बंद करो।" ऐसा अक्सर घटता था। हमारी फौजों को बर्मी गांवों में सुखद स्वागत मिलता और उसके बाद ग्रामीण गायब हो जाते और दुश्मन छिपी जगहों से हम पर आक्रमण करते। अब हम जिस स्थिति का सामना कर रहे थे। वह वैसी ही प्रतीत होती थी। हमें तुरंत लड़ने के लिए अपने को तैयार करना था हमें अपनी जगहें, जैसे लड़ाई में नियत होती हैं संभाल लेनी थी। अपना साजो-सामान सुरक्षित जगहों पर रखना था तथा अपने लिए सुरक्षा की जगह खोजनी थी। लोमड़ियों के बिलों जैसी सुरक्षित जगह। कुछ लोगों ने अपनी बंदूकों को खोजना आरंभ कर दिया था तथा कुछ मकान के बाहर दौड़ने लगे।

"ठहरो," कैप्टेन ने आदेश दिया, तब हल्की सधी हुई आवाज़ में कहा, "गाते रहो।"

इसके लिए बाद में वह फुसफसाया, "हम छोड़ नहीं सकते, हम जानते हैं क्या आ रहा है। हमें गाते ही रहना चाहिए। जैसे ही कोई गड़बड़ हो इसके लिए उसी वक्त तैयार हो जाना है। अभी तो कुछ ही देर हुई है गांव वाले यहां से गए, इसलिए दुश्मन तुरंत हमला नहीं करेगा। परंतु एक बार उन्हें पता चल गया कि हम खाइयां खोद रहे हैं वे हम पर आक्रमण कर देंगे।"

उसकी बात सही थी। और हम गाते रहे।

इसी बीच, हमारे अनेक आदमी फर्श पर रेंगते हुए दुश्मनों की निगाह से नीचे, जहां हमारे हथियार छिपे थे लेने लगे और हमें बांटने लगे। शांतिपूर्वक

जानबूझ कर गाते हुए हम लोगों ने अपने कपड़े पहने, कारतूस की पेटियों के बकलस कसे और अपनी राइफलें तथा बारूद आदि कंधों पर लाद लिए।

हमने 'जंगली गुलाब गीत' खत्म किया। गाते-गाते हम झुक कर अंधेरी जगहों में अपनी दूरबीनों से जंगल की ओर झांकते रहे। पहले ही हमें कुछ गुरखा और पगड़ीधारी हिंदुस्तानी सैनिकों की झलक दिखाई दी। जिन्हें हम दूसरी छिपने की जगहों की तरफ भागते देख सकते थे। पेड़ों के बीच छितराए हुए वे आक्रमण के लिए पंक्ति के रूप में फैल रहे थे। हमारा गीत शोकमय और गंभीर था। और हम उसे गा रहे थे मानो आखिरी बार गा रहे हों इस बीच कैप्टेन अपने आदेश फुसफुसाने में व्यस्त था। हम लोगों को दस-दस की पंक्ति में बांटते हुए वह महत्त्वपूर्ण जगहों पर नियत कर रहा था।

जब गीत खत्म हुआ, उसने हुक्म दिया–"तालियां बजाओ और ठहाके लगाओ।"

"हम कह नहीं सकते कि वे कब गोलाबारी आरंभ कर देंगे। वह कहता रहा। हमें उन क्षणों को उपयोग करना है जो वे हमें दे रहे हैं। हमें उनकी फौजों को अंधेरा होने तक दूर ही रोके रखने की कोशिश करनी चाहिए। अब एक बार फिर ठहाके लगाओ।"

हमने दुबारा तालियां पीटीं और हंसे। परंतु यह आसान नहीं था, यह जानते हुए भी कि मशीनगन जंगल की तरफ से किसी भी मिनट आग उगलने के लिए हमारी ओर तनी हुई थी।

आखिर में सिर्फ एक काम करने को रह गया था जो महत्त्वपूर्ण किंतु खतरनाक था। खुली जगह में गोले बारूद से लदा हुआ हमारा एक छकड़ा पड़ा था और हमें उसे सुरक्षित अपने पास लाना था उस छकड़े को और खुद को दुश्मनों के हाथों में दिए बिना हमें अपनी ओर खिसकाना था हालांकि निश्चित रूप से दुश्मनों की दूरबीनें हमारी ताक में थीं।

हम उसे कैसे ले सकते हैं ? अभी तक गाते हुए भी अपने दिमागों को छकड़े लेने की तरकीब में लगाए हुए थे। अगर एक भी गोली उस पर लग गयी तो हम सब खत्म हो जाएंगे। गोला-बारूद का हमारा सारा सामान जल उठेगा। हमने मिज़ूशिमा की तरफ देखा। वह ऐसी समस्याओं को सुलझाने में माहिर था। वह ठहाके लगा रहा था और गाता भी जा रहा था और अपनी वीणा को बजा रहा था। हम कह सकते हैं कि वह भी सोच रहा था पूरी मुस्तैदी से। अंत में उसने कैप्टेन से कुछ फुसफुसाना आरंभ किया।

जिस तरकीब पर वे सहमत हुए थे। उसके मुताबिक हममें से कुछ को

एक लाइन बनाकर घर से बाहर एक खुशनुमा धुन के साथ निकलना था। मिज़ूशिमा परेड के आगे-आगे अपनी वीणा बजाता हुआ चल रहा था। बाकी लोग उसके पीछे-पीछे चलने लगे। हाथों में वे फूल लिए हुए थे जो नर्तकी के ऊपर नाचते हुए बर्मी युवजनों ने फेंके थे। सभी जोरों से हंसने लगे। हम शान से कूदते बर्मी नृत्य की नकल करने लगे। हमने मिज़ूशिमा को छकड़े पर बिठाया। वह बारूद की पेटियों के ऊपर अपनी वीणा को घुटनों के बीच रखकर एक खुशनुमा जीवंत धुन बजाने लगा। हमने छकड़े को घेर लिया, अपने हाथों के फूलों को हिलाने लगे और एक सहगान गाने लगे।

हमारी योजना छकड़े को इस तरह ले जाने की थी जिसे हम समारोह में किसी तैरती हुई डोंगी को ले जा रहे हों। अपनी सांसों को संयत रखने के लिए हमने मंद गति से गाने वाला गीत 'मेरा प्रिय घर' गाना शुरू किया।

यह निश्चय था कि अब तक दुश्मनों ने अपनी टुकड़ियों को ठीक ठिकानों पर नियत कर दी थीं क्योंकि जंगल में कोई भी हलचल नहीं थी सब ओर नितांत मरणासन्न शांति व्याप्त थी।

हम, अब सचमुच अपनी जीवन रक्षा के लिए गा रहे थे। जंगल की ओर से किसी भी क्षण गोलियों की बौछार जारी हो सकती थी। भारी छकड़े को हमें जल्दी-जल्दी धकेलना था। यह जाहिर करते हुए कि हम सिर्फ उत्सव के रूप में यह सब कर रहे हैं। अगर एक गोली जंगल की ओर से उड़ आए और पेटी को लग जाए तो मृत्यु निश्चित है। न केवल मिज़ूशिमा की जो पेटियों के ऊपर खड़ा है बल्कि हम सब की भी।

छकड़ा खिसकने लगा। कभी हमें बीच में पड़े हुए पत्थर हटाने पड़ते या अपने कंधों पर आगे धकेलने के लिए उठाना पड़ता। छकड़े के दबाव से हांफते हुए तब भी हम गीत 'मेरा प्रिय घर' अच्छी तरह गाते रहे। ऊपर मिज़ूशिमा हमेशा की तरह अपनी वीणा को पूर्ण उन्माद से बजाता रहा। 'मेरा प्रिय घर' एकमंद शोकाकुल धुन है। जो किसी के भी दिल को छू जाती है। हमारी आवाज़ें भी सांस से मिलती हुई उनका अनुसरण करती जा रही थीं।

अंत में छकड़ा हमारे नियत स्थान के चार-पांच गज दूरी पर आ गया। अचानक रात घिर आयी। गर्म देश में रात और दिन की सीमाएं बहुत महीन हैं, जैसे ही सूरज क्षितिज के नीचे डूबता है, एकदम घनी रात पड़ जाती है यह हमारे लिए बहुत फायदे की बात थी। हमारी सारी तैयारियां पूरी हो चुकी थीं। इधर-उधर अंधेरे की छायाओं में हमारे आदमी झुककर अपनी अंगुलियां बंदूक

के घोड़ों पर रखे जमा हो गए थे। कैप्टेन ने अपना हाथ अपनी कटार पर रखा हुआ था और दुश्मनों की तरफ अंधेरे में देखने की कोशिश कर हुक्म देने के मौके की प्रतीक्षा कर रहा था।

छकड़ा सुरक्षित जगह पर पहुंचने के साथ ही 'मेरा प्रिय घर' गीत भी खत्म हो गया।

उसी वक्त कैप्टेन ने अपनी कटार म्यान से निकाली। हममें से जो छकड़े को खिसका लाए थे उन्होंने अपना गाना बंद किया और राइफलें पकड़ लीं। सन्नाटे की इस छोटी-सी अवधि में दूर घाटी में बहती नदी की कलकल आवाज़ सुनी जा सकती थी। वे पक्षी जो थोड़े देर पहले चहचहाने में मस्त थे, अब गहरी नींद में थे।

कैप्टेन ने अपनी कटार उठायी। सैनिक युद्ध की ललकार और लड़ाई के लिए अनुशासित ढंग से तैयार थे। परंतु तभी जैसे कैप्टेन ने अपना दिया जाने वाला आदेश रोका और उत्तेजनावश ठिठक कर खड़ा हो गया। एक विलक्षण घटना घट रही थी पहाड़ों के बीच से, एक ऊंची साफ 'मेरे प्रिय घर' गीत की तीव्र आवाज़ बिखर रही थी।

कैप्टेन ने उस आदमी को थामा जो आगे बढ़ने लगा था अपने हथियार फैलाए हुए दूसरों को रोक दिया था।

"ठहरो," वह चिल्लाया, "सुनो।"

जंगल के बीचो-बीच उस गीत की आवाज़ में दो-तीन आवाज़ें और जुड़ीं और फिर इधर-उधर सब तरफ से अनगिनत आवाज़ों में वह गीत गूंजा। वह 'मेरे प्रिय घर' का अंग्रेजी रूपांतरण था।

हमने हैरानी से एक दूसरे की तरफ देखा। इसका क्या मतलब हो सकता था, तो जंगल में जो लोग थे वे निर्दयी दुश्मनों के सैनिक नहीं थे, क्या वे हमारा सफाया करने वाले शत्रु सैनिक नहीं थे, क्या वे सिर्फ ग्रामवासी थे, अगर ऐसा होता तो हमें उतने व्याकुल होने की ज़रूरत नहीं थी। हमने चैन की सांस ली अपनी बंदूकें नीची कर लीं।

पूरा जंगल अब गाने वाली आवाज़ों से गुंजायमान हो गया था यहां तक कि पहाड़ी के ऊपर झूलती हुई चोटी से भी एक सहगान उभरा। हम भी गीत में शामिल हुए और हमने भी वही अंग्रेजी धुन वाला गीत गाया।

चांदनी चमक रही थी। हर चीज उस शीतल रोशनी में नीले रंग में रंग गयी थी। पेड़ों के बीच से चमकती हुई किरणों से छायाएं खंबे जैसी प्रतीत हो रही थीं। एक-एक करके छायाओं की वे आकृतियां जंगल से दौड़ कर उस

खाली जगह की ओर आ रही थीं।

वे ब्रितानी सैनिक थे।

छोटे-छोटे दलों में इकट्टे होकर उन्होंने 'मेरा प्रिय घर' गीत सचमुच मन के संपूर्ण आवेग से गाया। हम पहले इस सोच में थे कि 'मेरा प्रिय घर' केवल एक जापानी गीत है किंतु यह एक पुरानी अंग्रेजी धुन थी। ब्रितानी सैनिकों ने अपने घर के मोह, अतीत के गौरव और अपने घरों की खुशी की चाह में वह गीत गाया। जब कभी वे यह गीत सुनते उन्हें अपने बालपन, अपनी माताओं के बारे में, उन जगहों के बारे में ख्याल आता जहां वे बड़े हुए। अपने खतरनाक दुश्मन को, जिसे वे बर्मी की एक ऊंची पहाड़ी पर घेरे थे, वह गाते हुए सुनकर द्रवित हो गए।

अब हम दुश्मन नहीं रह गए थे। लड़ाई आरंभ ही नहीं हुई। इससे पहले कि हम जानते क्या हुआ, हम इकट्ठे गाते हुए एक-दूसरे से हाथ मिलाते नज़र आ रहे थे। अंत में हमने खुली जगह के बीच आग जलायी और अपने कैप्टेन के साथ वह सहगान गाने लगे।

एक लंबे हिंदुस्तानी सैनिक ने जेब से अपने परिवार की फोटो निकाली और आग की रोशनी में एकटक देखने लगा। वह सीधा, सभ्य लगने वाला काली दाढ़ी तथा सफेद पगड़ी वाला आदमी था। उसकी आंखें भेड़ जैसी नम थीं। उसने हमें वह फोटो दिखाई। एक ताड़ वृक्ष के नीचे उसकी पत्नी और दो बच्चों की हंसती हुई फोटो, बाद में पता चला कि वह कलकत्ता का एक व्यापारी था। उसकी राष्ट्रीयता हम नहीं पूछ सके। हमसे कहने लगा कि हम उसे अपने परिवार के चित्र दिखाएं। हमारे एक आदमी ने अपनी जेब से अपनी मां की तस्वीर निकाली। उस चित्र को और भरी आंखों से देखकर लाल गालों वाले ब्रितानी सैनिक ने गाना आरंभ किया 'यदि एक आदमी दूसरे को मिले...।' उसका साथ हमारे एक साथी ने जापानी भाषा में गाते हुए दिया। तब ब्रितानी सैनिक ने हमारे साथी के कंधे पर हाथ रखे। लोगों ने कुछ कदम साथ-साथ मिलाए जापानी सैनिक ने अपनी आवाज़ में चरम मधुरता से गाया। हम सबने एक बार फिर मिल कर वही गीत गाए।

मिज़ूशिमा ने बिना किसी तैयारी के इस मौके पर एक सुंदर धुन बजायी, उस धुन की अंग्रेजों ने भी तारीफ की। उसके चेहरे को उस हिस्से में, जो आज मंद रोशनी से दमक रहा था, गालों तक बहकते आंसू देखे जा सकते थे। जैसे ही हम सब एक साथ मिलकर गाने लगे, सबकी आंखों में आंसू स्वाभाविक रूप से टपकने लगे।

उस रात हमें पता चला कि युद्ध तीन दिन पहले ही खत्म हो चुका था। अपने निर्दय शत्रुओं को किसी भी तरह बचाने का कोई रास्ता न पाकर ब्रितानी सैनिकों ने सोच लिया था कि उन्हें हमारे प्रतिरोध को रोकने के लिए हमारा सफाया करना पड़ेगा। अंत में हमने अपनी बंदूकें समर्पण के रूप में फेंक दी थीं।

हरा तोता

उसी दिन से, जिस चीज़ की हम स्वप्न में भी कल्पना नहीं कर सकते थे हम ब्रितानी फौजों के कैदी थे।

उस रात कैप्टेन ने हम सबको इकट्ठा बुलाया और हमसे बातें कीं वह रुक-रुक कर, मंद आवाज़ में कहता रहा और हम शांतिपूर्वक सुनते रहे।

"हमने आत्मसमर्पण कर दिया," वह कह रहा था। "केवल हमने नहीं, बल्कि हमारे पूरे देश ने, मैं नहीं जानता क्या सोचा जाए, मैं नहीं जानता हमारे साथ क्या होगा, हमें कहां ले जाया जाएगा। हमें क्या कुछ करना पड़ेगा ? यह भी पता नहीं कि हमें जीने की इजाजत भी मिलेगी कि नहीं ?"

जापान किस दशा में है यह कहना भी कठिन है। अपने देश से हमारे संबंध बहुत दिनों पहले टूट गए थे और जब से हम पर्वतों की ओर आए। हमारे पास संबंध स्थापित करने का कोई जरिया नहीं था। परंतु दुश्मनों के जहाजों द्वारा फेंकी गई सूचनाओं और अखबारों के अनुसार हमारे देश पर एक कोने से दूसरे कोने तक गोलाबारी हुई है और कितने लोग गोलाबारी से खत्म हुए होंगे या घायल हुए होंगे, या मर गए होंगे, इस सबका कुछ पता नहीं। यह सब प्रचार नहीं हो सकता। हमारे लोग ज़रूर पीड़ित होंगे। अपने दिल में यह सोचते हुए भी पीड़ा होती है।

हमारा देश विनाश के रास्ते पर है और यहां हम, असंख्य मील दूर युद्धबंदी हैं। ऐसी चीज़ के बारे में कौन सोच सकता था ? मैं मुश्किल से विश्वास करता हूं कि यह सच है इसका ख्याल भी मुझे बेचैन करता है। मैं अपने से

पूछता हूं कि क्या हो गया है ? जो कुछ मैं महसूस करता हूं वह एक आघात- सा महसूस होता है।

समय के साथ, मेरा ख्याल है, यह आघात दुःख को जन्म देगा। हम संभवतः हताशा अनुभव करेंगे, यहां तक कि गुस्सा और कड़वाहट भी। परंतु हम तब तक कुछ सोच भी नहीं सकते जब तक हमें पूरे तथ्य का पता नहीं चले। सच तो यह है कि मैं कुछ दिनों पहले ही एक शक करने लगा था कि अंत इसी तरह होगा। परंतु क्योंकि अब यह हो चुका है, मैं स्वीकारता हूं कि मैं पूरी तरह हार गया हूं।

अब हम सिर्फ यह कर सकते हैं कि प्रतीक्षा करें और देखें। भविष्य हमारे विपरीत हो गया है, लड़ने से कोई फायदा नहीं। अगर कोई रास्ता नहीं तो पुरुषत्व के अनुकूल है कि हम यह पहचानें कि हम क्या करें ? अपना भाग्य स्वीकारें और इसी से धैर्य प्राप्त करें। कम-से-कम यह स्वीकार करने का साहस तो अपने में जुटाएं।

जहां तक मैं जानता हूं हमारी हालत निराशाजनक है। यह हमारे लिए अत्यंत क्रूरतापूर्ण है। हमारे पास कुछ बाकी है तो वह एक-दूसरे के प्रति विश्वास है। वही एक चीज़ है जिसका हम भरोसा कर सकते हैं। अब हमारे पास यही शेष है।

इसलिए हम अपने दुःखों और पीड़ाओं को बांटते चलें। हम एक-दूसरे की मदद करते हुए चलें। अब तक हमने साथ-साथ मौत का सामना किया है, अब उसी रास्ते पर एक-सा भाग्य भोगते चलें। हमें खुद को कठिनाइयों के लिए तैयार रखना है। बहुत मुमकिन है कि हमें यहां बर्मा में ही मरना पड़े, अगर ऐसा वक्त आ ही जाए तो हम साथ मरेंगे। इस समय, हमें हताश नहीं होना है। इसके सहारे ही हमें जीना है।

और अगर वह दिन कभी आता है जब हम जापान वापस जा सकें तो हम सबको साथ चलना है। हममें से हर आदमी को–मिलकर अपने देश का पुनर्निर्माण करना है। मेरे पास यही कुछ है जो मैं कह सकता हूं।

हमारी तनी हुई नसें शिथिला गईं और हम वहीं सन्नाटे में बैठे रहे। हममें से हर कोई जमीन की तरफ देख रहा था, अपने में सोचते हुए कि कैप्टेन का कहना ठीक था।

मुझे याद है जब हमने जापान छोड़ा था उस वक्त अपने कानों में लोगों के स्वागत कथन सुन हम कितनी महान् उत्तेजना में थे। लेकिन क्या, इतना होने पर भी हमारा देश बेआरामी की हालत में दिखाई देता था। हर आदमी हमारी

शक्ति की शेखी बघार रहा था, लेकिन हमारे शब्द खोखले थे। हम पियक्कड़ टट्टुओं की तरह लग रहे थे। यह अनेक रूपों की एक दुःखदायी स्मृति है, इस स्मृति में, ग्लानि की मात्रा में, हृदय जलने लगता है।

तभी किसी ने सिसकना जारी किया। अचानक हम लोग इतने दुःखी हो गए कि हमने भी रोना शुरू कर दिया। लेकिन हम किसी खास बात के लिए दुःखी या क्षुब्ध नहीं थे। यह तो सिर्फ इतना था कि हम निरुपाय और निस्सहाय थे।

अक्सर जब हम दुःखी होते थे अपने गीत गाते थे, परंतु उस रात हमने गीत नहीं गाए। हम सोने के लिए फर्श पर पड़े थे, अपनी गठरियों का तकिया बनाए हुए। जिन बंदूकों की हमने सावधानी से हिफाजत की थी, जा चुकी थीं। यह एक छोटी किंतु बेचैनी भरी रात थी।

इसके बाद हमने आने वाले दिन कई दूसरे रूपों से बिताए। हृदय सुन्न करने वाले और पागलपन की हद तक व्यस्त रहने वाले दिन...। अपने हथियारों और सामान को ठीक तरह रखना, उन्हें ठीक तरह बांधना, लादना, अनेक तरह की रिपोर्ट बनाना और खोजबीन के काम करना, व्यवस्था देखना, यह सब हमें इस तरह से व्यस्त रखता कि हमारे पास सोचने का भी वक्त नहीं था।

मैं जब भी उस अतीत की तरफ देखता हूं तो हमेशा एक खास घटना याद कर लेता हूं।

ब्रितानी फौजों ने तीन-चार दिन के लिए गांव में ठहरने का निश्चय कर लिया था। दासों का काम करने के लिए हमें बाहर भेजा जाता था। एक दिन हममें से कई रसोईघर की ड्यूटी पर थे। फौजियों की खातिर गांव वालों ने जो मुर्गे दिए थे वे हम लोगों को छीलने थे।

टोकरी में कसकर बंधे मुर्गे-मुर्गियां अपना सिर जाली के छेदों के बीच से बाहर निकाल चिंता में इधर-उधर देख अपनी कलगियां झटक रहे थे। एक बर्मी रसोइया एक बार में टोकरी से एक मुर्गी निकालता और एक पत्थर पर लिटा कर 'डाह', (एक प्रकार की कुल्हाड़ी जिसे बर्मी लोग अपनी कमर के साथ लटकाते) से उसका सिर काट देता।

रसोइया सुपारी खा रहा था और सुपारी का लाल थूक थूकता जा रहा था। सुपारी एक लंबे ताड़नुमा पेड़ पर होती है। दक्षिण पूर्वी एशिया के लोग उसे चुईगम की तरह चबाते हैं। यह मुंह को, दांतों को और ओठों को लाल रंग में रंग देती है। रसोइया एक-एक करके मुर्गे-मुर्गियों के सिर काट रहा था, और हमें उनके पंख उतारने थे।

हमारे लिए अचरज की बात थी कि एक मुर्गा जिसका सिर काटकर अलग रख दिया था अपने पंख फड़फड़ाने लगा। अपने पंख फड़फड़ाकर वह निचले पंखों को फैला किसी उम्मीद में चारों तरफ अस्थिरता से घूमा। हम अचानक आश्चर्यचकित रह गए और हमने अपने हाथों से मुर्गे छोड़ दिए। वे सब जीवित से हो उठे, और अपने सिरहीन गलों को फैलाते हुए एक दायरे में दौड़ने लगे।

तकरीबन एक दर्जन मुर्गियों के सिर जमीन में फैले पड़े थे। उन सबकी चोंचें खुली थीं तथा आंखों की श्वेत पलकें बंद थीं। लेकिन सिरहीन शरीर अभी भी जीवित थे। वे अभी भी अपने खूबसूरत शिथिल पंखों को फड़फड़ा रहे थे। नशे की हालत में इधर-उधर भटकते हुए आखिर में वे मुर्गे दहशत से झाड़ियों की तरफ घास में दुबक गए।

सभी लोग यह अचरज भरा दृश्य देखने के लिए इकट्ठा हो गए। कुछ हंसे लेकिन शेष अरुचि से अपनी त्यौरियां चढ़ाए खड़े रहे।

"ये बिना सिर के इधर-उधर भागते हुए क्या महसूस करते होंगे, तुम क्या सोचते हो !" किसी ने पूछा।

उसी वक्त कैप्टेन मिज़ूशिमा को खोजता हुआ आ पहुंचा। "मिज़ूशिमा तुम कहां हो," उसने ऊंची आवाज़ में पूछा। मिज़ूशिमा भागता हुआ आया।

"अभी जासूसी रिपोर्ट मिली है," कैप्टेन ने उससे कहा–"तुम वह पहाड़ देख रहे हो।" उसने दूर स्थित चोटियों में से एक तिकोनी चोटी की ओर संकेत किया। "कुछ जापानी फौजें वहां हैं और वे कभी भी आत्म-समर्पण नहीं करेंगे। पिछले तीन दिनों से ब्रितानी सैनिक उन पर हमला कर रहे हैं। प्रतिरोध में वे अब लड़ रहे हैं। इस प्रकार तो उनका खत्म होना तय है। मैंने ब्रितानी अफसर से बात की है और उससे कहा है कि हममें से किसी एक को वहां जाने दो ताकि उनसे आत्म-समर्पण कराने की कोशिश की जा सके। मैंने उन्हें बताया कि हम वह सब कुछ करने को तैयार हैं। जिससे फिजूल हत्याएं रोकी जा सकें और उसने हमें कोशिश करने की अनुमति दे दी। तुम इस बारे में क्या सोचते हो। मिज़ूशिमा, क्या तुम वहां जाओगे? देखें उन्हें बाध्य कर सकते हो? अगर तुम नहीं जाओगे तो फिर मैं ही चला जाऊंगा?"

हम सबने तिकोनी चोटी की ओर देखा। पैदल चलते हुए वहां आधे दिन में पहुंचा जा सकता था। वह स्याम की सीमा के पास थी, और उसका चमकदार भाग घने जंगल में से उभरा हुआ लग रहा था। हमने अपने कान उस ओर लगाए लेकिन कोई विस्फोट की आवाज़ नहीं सुन सके। धुएं की पतली धाराएं घाटी के गांवों से इधर-उधर उठ रही थीं, शायद यह सिर्फ हमारी कल्पना थी परंतु

चोटी के पास का वातावरण पीला और घना मैला था वहां हमारे दर्जनों देशवासी फिजूल मौत मरने की कोशिश कर रहे थे। यह जानते हुए एक बार फिर हम सबने चोटी की तरफ घूरा।

मिज़ूशिमा ने कुछ देर सोचा और जवाब दिया, "मैं जाऊंगा।" फिर उसने जोड़ा , "मैं नहीं जानता कि मैं यह सब कैसे कर पाऊंगा, पर मैं वह सब करूंगा जो वहां की स्थिति मुझे करने देगी।"

"बहुत अच्छा," कैप्टेन ने कहा, "यह हमारा दल दक्षिणी बर्मा के मुडान शहर में युद्ध बंदियों के कैंप में भेजा जा रहा है। अपना दायित्व पूरा करके तुम हमारे पीछे चले आना। ब्रितानी अफसर ने कहा कि वह तुम्हें हमारे पास आने देगा।" दोनों ने कैप्टेन को फौजी सलाम की।

मिज़ूशिमा तुरंत तैयार हो गया। उसने हल्के कपड़े पहने, कोई हथियार नहीं लिया, कोई फौजी चिह्न नहीं लिया। कैप्टेन ने अपने जूते उतारे, जो अभी अच्छी हालत में थे और उन्हें बदलने का मिज़ूशिमा से आग्रह किया। उसने मिज़ूशिमा का हाथ कसकर पकड़ा। उसने महसूस किया कि जैसे मिज़ूशिमा को हम गर्म मुर्गे की टांग की तरह छोड़ गए हों।

दस मिनट बाद हमने मिज़ूशिमा को एक ब्रितानी सैनिक और एक मार्गदर्शक के साथ पगडंडी पर अपने से बहुत नीचे जाते हुए देखा। मिज़ूशिमा ने राशन अपनी पीठ पर बांधा हुआ था। और कंधे पर वीणा रखी हुई थी। जब उसने पीछे घूमकर हमें टोपी हिलाते हुए देखा तो वह हंसा, और उसने अपना हाथ ऊंचा कर वीणा के तार जोर से झकझोरे थे।

उसे जाते देख हम सोच रहे थे कि मिज़ूशिमा ही एक ऐसा आदमी था जो कुछ भी कर सकता था, और उसका यह काम भी संभवतः महान सफलता प्राप्त करे।

ब्रितानी सेना के हुक्म के मुताबिक हमें पर्वतों से मैदान की ओर आना पड़ा। फिर नाव से सितांग नदी पार कर अंत में ट्रेन और ट्रक से मुडान पहुंचे। वहां पर हमें युद्ध बंदियों के कैंप में रखा गया।

जिंदगी के बारे में हमारा डर जल्दी ही खत्म हो गया। हमें पता चला कि हमारा देश लड़ाई में हार गया। बुरी तरह ध्वस्त हुआ किंतु सारा देश तबाह

नहीं हुआ। और यह भी कि हम युद्धबंदी किसी-न-किसी दिन अपने देश भेजे जाएंगे।

मुडान में हमने नया जीवन, अपने घर लौटने की अनवरत प्रतीक्षा के रूप में शुरू किया। हमारे क्वार्टर बांस की खपंचों से बनायी गई झोंपड़ियां थीं, जिनमें फर्श जमीन से ऊंचा था। छतें भी पूरी तौर पर छायी हुई थीं। ज्यादा झरोखे होने के कारण वहां नमी बहुत थी। हमें बिना बिस्तर के सोना पड़ता था। गर्म जलवायु होने के कारण वह खास मुसीबत नहीं थी। घर बांसों की बाड़ से घिरा हुआ था, जो न केवल हमें अंदर रखता था बल्कि दूसरों को भी बाहर ही रखता था। एक हिंदुस्तानी संतरी प्रवेश द्वार पर खड़ा रहता था। और जब कभी वह किसी छाबड़ी वाले को अंदर घुसने की कोशिश करते देखता तो उसे डराने के लिए खाली फायर किया करता।

इसी तरह के बाड़ों की कई लंबी पंक्तियां थीं, और हर बाड़ा बंदियों के एक दल को घेरे हुए था। दूसरे कैदियों के साथ हमारे संबंध खत्म से थे। इसलिए हमें कुछ पता नहीं था कि बाहर क्या हो रहा है। इस किस्म के कानूनों का पालन सख्ती से किया जाता था। लेकिन इसके अलावा हम लोगों के साथ क्रूर व्यवहार नहीं किया जाता था।

हमें कभी-कभी बाहर सड़कें बनाने या काठ की कटाई आदि के काम का हुक्म होता था। लेकिन कुल मिलाकर हमने बिना किसी काम के घटनाहीन और एकरस जीवन बिताया था।

इस तरह के शांतिपूर्ण दिन हमने लंबे अर्से तक नहीं बिताए, हम निरंतर उत्तेजना ही महसूस करते रहे, परेशान तथा अपने पीछे लगे पूछताछ के काम की जासूसी से तंग, हमेशा तनाव में घिरे यही सोचते रहे कि आगे न जाने क्या हो ? पिछले कई वर्षों तो अंधा करने वाली बारूदी आग और बहरा करने वाली विस्फोट की आवाज़ों में रहे। अचानक सब खत्म हो गया, अब बमबारी नहीं थी, कोई हुक्म या आधी रात में अपने पांवों से भाग खड़े होने की बात नहीं थी। एक दिन से दूसरे दिन तक हम चुपचाप अपने बांस-घरों में रहते, बाहर के ताड़ कुंजों की ओर ताकते। शुरू में हमें यह सब आश्चर्यजनक और असहनीय लगा। वहां जैसे ही हम किसी काम से खाली होते, एक डर हमारे दिल में भर जाता। धीरे-धीरे यह अस्पष्ट परेशानी भी खत्म हुई और हम इस जीवन के अभ्यस्त हो गए।

परंतु जैसे ही हम खुद को संतुष्ट महसूस कर रहे थे एक दूसरी तरह की परेशानी हम पर घिरने लगी। अब परेशान इसलिए थे क्योंकि मिज़ूशिमा को

गए काफी अर्सा हो गया था।

शुरू में हमें पूरा विश्वास था कि मिजूशिमा कुछ ही दिलों में हमारे पास आ जाएगा। किसी भी क्षण दरवाजे के खुलने और मिजूशिमा के हमेशा की तरह मौज से चले आने की उम्मीद में थे। अक्सर हम लोग अपने को दरवाजे की तरफ देखते पाते। कभी-कभी तो उसकी पदचाप तक सुनाई देने लगती।

पर इसका मतलब ही क्या था ? चाहे हम कितने ही दिनों से उसकी प्रतीक्षा कर रहे थे। वह कभी नहीं आया।

आश्चर्य है, मिजूशिमा को क्या हो गया, हम हमेशा कहते थे। हम उसकी वीणा के बिना ठीक तरह गा भी नहीं सकते थे।

इतना ही नहीं उसके बिना हम ज्यादा काम नहीं कर पाते।

जब वह पास न हो चीजें नीरस लगती हैं.....।

दिन बीतते गए और हम उसका इंतजार करते रहे, एक असफल इंतजार। मिजूशिमा लौटा नहीं। वह उस तिकोनी चोटी पर पहुंच पाया होगा, वह उन लोगों को बेमतलब की लड़ाई में, उस आत्महत्या से बचाने में सफल हो पाया होगा, हम नहीं जानते। हमने यह पहले ही मान लिया था कि मिजूशिमा ऐसा कर लेगा। लेकिन अब हमें लगता है यह कितना मुश्किल काम था। संभव है हमारी सेनाओं ने ही जिनसे उसने आत्म-समर्पण का अनुरोध किया हो, उसे मार दिया हो।

जैसे-जैसे दिन बीतते गए हम उसके मिशन के खतरे को समझते गए। सिर्फ हमारी आशा यह थी कि अपने काम में असफल रहने के बावजूद संभवत: वह सुरक्षित लौट आए।

कैप्टेन बहुत उदास था बोला, "मुझे विश्वास नहीं कि वह मारा गया होगा। उस इलाके में गोलाबारी बहुत ज्यादा थी, हो सकता है कि वह घायल हो गया हो। हो सकता है वह कहीं इलाज करवा रहा हो। मैं सोचता हूं कि यदि हमारे पास उसे खोजने का कोई तरीका होता तो वह ज़रूर वापस आ जाता, इसलिए ज़रूर वह कोई मुसीबत में पड़ गया होगा। हम उम्मीद करते हैं कि उसकी मुसीबत ज्यादा गंभीर न हो।"

बस सब इसी तरह घबरा रहे थे। लेकिन मिजूशिमा के बारे में कोई खबर नहीं थी। हर आदमी उसकी बातें करता था, चाहे हम अब कैदी थे लेकिन उसे खोज लाने को तैनात कर डालने की अपनी चिंता को हम दूर नहीं कर पाए इस तरह कई महीने इसी चिंता में बीत गए।

जिस दिन हमारे पास लकड़ी की कटाई या सड़क बनाने का काम नहीं

होता उस दिन हम मिज़ूशिमा की बातें किए बिना नहीं रह पाते। अक्सर कंपाउंड के पीछे ताड़-कुंजों में अपने मकान की मरम्मत के सामान इकट्ठा करने में ही अपने दिन बिताते, क्योंकि घर अक्सर तूफान और बारिश से गूंज पड़ता था। किसी दिन हम ताड़ के कुंजों की छाया में बेठकर हर तरह की मरम्मत का सामान जिसकी हमें ज़रूरत होती बना लेते। ताड़ की टहनियां लंबी होती हैं, उन्हें छत की कड़ी के रूप में या खंभे के रूप में इस्तेमाल नहीं किया जा सकता था लेकिन उसकी पत्तियां छत को छाने के लिए अच्छी रहतीं और उसके मोटे रेशों को बटकर हम रस्सी बना लेते जो मजबूत होती। इस सामग्री से आसानी से साधारण–बांस के झोंपड़ों की मरम्मत की जा सकती थी। चाहे वह कितनी टूट-फूट क्यों न गई हो।

असल में नारियल वृक्ष के हर हिस्से हमारे लिए उपयोगी थे। हमने अपनी घरेलू ज़रूरतों के लिए उससे कई चीज़ें बनायी थीं। नारियल के बाहर के रेशों से ब्रुश बनाया जा सकता है। नारियल खोल के दो हिस्से किए तो उनके प्याले बन जाते हैं, अगर उनके साथ एक पकड़ने का डंडा भी लगाया जाए तो इसे करछुल की तरह इस्तेमाल किया जा सकता है। कठोर नारियल के गोले से कई तरह की चीज़ें बनाई जा सकती हैं। उसके बाहरी रेशों से खुरदुरा धागा बनाया जा सकता था। जिससे हम सैनिक लोग टोकरियां और छलनियां बनाया करते थे। लगता है जैसे रसोई के बर्तन नारियल के पेड़ पर लटके हों। हम नारियल के पत्तों के झाड़ू बनाते थे। एक नारियल का पेड़ एक महीने में पत्तों का एक गुच्छा छोड़ता तो दूसरा गुच्छा भी पैदा करता। इस तरह हमेशा उतने ही पत्र-गुच्छ पेड़ पर बने रहते। दूसरे शब्दों में कहा जाए तो हर नारियल का पेड़ एक झाड़ू के बराबर पत्ते छोड़ता था।

नारियल में विटामिन इत्यादि अधिक होते हैं, अपनी खाद्य-शक्ति की वजह से प्रसिद्ध है। इसके अंदर ठंडा पेय भरा होता है, जो कच्ची गंध देता है किंतु स्वादिष्ट होता है। अंदर के पेय को नारियल का दूध कहते हैं। नारियल के अंदर की श्वेत गिरी से तेल निकलता है। तेल से मक्खन की बट्टियों या चक्कियों को बनाया जाता है। दूसरी चीज़ों के साथ गिरी काफी पौष्टिक होती है और कच्ची ही खाई जा सकती है। स्थानीय लोग उसका चूरा बनाकर चावल के बीच छिटक कर खाते हैं या पकौड़ों या पापड़ों के बीच उसे रखकर पकाकर खाते हैं। उसके फूलों के डण्डों की शाखाएं तो स्टार्च भी देती है।

नारियल के वृक्ष से मदिरा बनाना भी संभव है। फूलों वाले तने के बीच एक लंबा सुराख करके उससे बांस की नली जोड़ कर इस प्रकार की नली में

रस इकट्ठा किया जाता है। उससे स्वादिष्ट शराब बनाई जा सकती है परंतु हमने न तो बर्मी लोगों को कभी शराब पीते देखा और न ही उन्हें कभी शराब बनाते हुए। यह तरीका तो पूर्वी द्वीप समूह के डच इलाकों में इस्तेमाल किया जाता था जहां कई जापानी सैनिकों ने इसे सीखा और नारियल की अच्छी शराब का स्वाद चखा। हमारे दस्ते में एक आदमी था जिसे इस पेय से इतना लगाव था कि उसने गुप्त तरीके से नारियलों के कुंजों में, तनों के साथ नलियां लगाई हुई थीं। जब कभी रस आता तो वह खुश होता। जब छतें टूट पड़ती तो मरम्मत के काम के लिए नारियल के पेड़ों के पास जाना पड़ता। वह बहुत खुश होता शायद इससे ज्यादा खुशी उसको कभी हासिल नहीं होती थी।

नारियल के पेड़ सचमुच अमोल निधियां थे। कहावत है कि "यूरोप में जिस किसान के पास गाय है वह कभी गरीब नहीं होता।" इसी तरह मैं कह सकता हूं कि गर्म देशों में जिसके पास नारियल होता है वह गरीब नहीं होता।

एक दिन हमने नारियल का एक पेड़ गिराया और उसकी रस्सियां बनाने लगे तथा नारियल फलों के बीच छेद करने लगे। नारियल की मदिरा का प्रेमी वह सैनिक इधर-उधर छिप-छिपकर जा-आ रहा था। जब वह लौटता था उसका चेहरा लाल होता और वह एक बर्मी गीत गा रहा होता।

साधारण तौर से जब कोई भी किसी धुन की शुरुआत करता तो हम लोग उसका साथ देने लगते। परंतु इस मौके पर हम चुपचाप काम करते रहते। भेदिए के रूप में जाते हुए मिज़ूशिमा भी वही गीत गाता रहता था। वह गीत किसी खतरे के न होने का संकेत था।

नशे में धुत वह सैनिक उस धुन को महज गुनगुना रहा था लेकिन हमें वह ऐसा सुनाई दे रहा था जैसे हम उसे किसी दूरस्थ जगह से सुन रहे हों, वीणा के स्वरों के साथ जंगल की गहराइयों की ओर से आ रही हो। अपने दिमाग की आंखों में हमने अपने सामने ही एक जंगल देखा ऊपर उड़ते हुए पक्षी और लुंगी पहने हुए मिज़ूशिमा जंगल के पेड़ों के बीच ओझल होता हुआ।

कैप्टेन जो नारियल के पत्तों की दीवार के टूटे हिस्से जोड़ने के लिए रस्सी बुन रहा था अपने में बुदबुदाया, "मुझे चले जाना चाहिए था," उत्तेजना में उसने अपना निचला ओंठ काट दिया।

हम जानते हैं कि उसका मतलब क्या था। वह इतना खतरनाक काम अपने एक नौजवान मातहत को सौंपने के कारण पछता रहा था। सारी रात जमीन पर गिरते नारियलों की धमाके भरी आवाजें सुनाई देतीं। नारियल पेड़ गिरते तो ज्यादा जोर की आवाज़ होती। उस रात एक बार एक भयंकर तूफान आया। मूसलाधार

वर्षा में नारियल तीखी हवा में कातर चीत्कारें पैदा कर रहे थे। यही होता रहा, हवा के साथ वह शोर बढ़ता ही गया।

अंधेरे में लेटे-लेटे सब कुछ सुनते हुए सोना संभव नहीं था। "दूसरा भी गिरा" एक सैनिक बड़बड़ाया।

वे नारियल पेड़ रात भर अपना दूध टपकाते रहेंगे...

तभी किसी ने मंद आवाज़ में गाना शुरू किया—

"अकेले द्वीप में है नारियल पेड़..."

तुम सोते क्यों नहीं हो...।

मिज़ूशिमा हमारे ऊपर इस तरह छाया हुआ था कि एक दिन हम सचमुच चकित रह गए। यह लगभग मुडान पहुंचने के तीन महीने बाद की बात थी। कस्बे के बाहर हमारा दस्ता टूटे हुए पुल की मरम्मत कर रहा था। काम मुश्किल था, वहीं वृक्ष पर तख्तों के ढेर फैले हुए थे। कई दिनों तक कीचड़ वाले पानी में काम करने के बाद जब हमने काम खत्म कर लिया तो हम वापिसी में दोपहर से पहले ही पुल पार कर रहे थे। तभी हमने एक बर्मी भिक्षु को अपनी ओर आते हुए देखा। जिसने अपना लुंगी का पल्ला ऊपर किया हुआ था।

जैसे ही हम पुल पर उसके पास से गुजरे हम मिज़ूशिमा से उसकी शक्ल मिलती-जुलती देखकर ठिठक गए। भिक्षुक अभी युवा ही था उसका सिर घुटा हुआ था उसके हाथों में भिक्षा पात्र 'कटोरा' था तथा नया पीला दुशाला उसने अपने कंधे पर लपेटा हुआ था जिस पर एक हरा तोता बैठा हुआ था। निःसंदेह वह किसी पड़ोसी गांव से आया था।

वह मिज़ूशिमा का हमशक्ल था। छोटा कद, स्वस्थ, बड़ी और गहरी आंखें भिंचे हुए ओंठ। धूप के कारण उसका वर्ण काला पड़ गया था। शायद रोज भिक्षा मांगने के कारण। सिर पर एक जापानी टोपी से वह मिज़ूशिमा को भी मात कर देता। वह व्याकुल और कुछ-कुछ गुस्से में लगा क्योंकि हम सब कैदियों ने उसके चेहरे को एक-एक कर ताकना शुरू कर दिया था। यहां तक कि उसकी गंभीर मुद्रा भी बिल्कुल वैसी ही थी।

हमें उस तंग पुल पर एक पंक्ति के रूप में जाना था, हमने एक बार तो उसे घेर कर दबा ही दिया था। फिर एक-दूसरे की तरफ देख कर हम हंसे।

अंत में बर्मी भिक्षु हमारी कटुता को जैसे भूल गया। तोता अपने कंधे पर एक हाथ से पकड़े वह नज़रें नीची किए हुए चुपचाप गुजर गया।

पुल पार करने के बाद हम मुड़े और हमने भिक्षु को तेजी से सामने के किनारे से उत्तर की ओर नगर से दूर जाते देखा। जल्दी ही वह इधर-उधर

बिखरी झाड़ियों के बीच ओझल हो गया।

उस रात अपनी झोंपड़ी के फर्श पर लेटे हुए हमने उस भिक्षु के बारे में बातें कीं।

मिज़ूशिमा जब भी भेदिए का काम करने जाता तो वैसे ही कपड़े पहनता था। मेरी इच्छा थी कि उसे यहां लाकर एक वीणा दूं और गीत गाऊं।

हम तुम्हारी शव-यात्रा के लिए ऐसा करेंगे ?

"मजाक मत करो...पर मिज़ूशिमा हैं कहां...कहां ?"

बर्मी भिक्षु मुडान अक्सर आता था क्योंकि हम उसे समय-समय पर देखा करते थे। जब कभी हम उसे देखते, हमें मिज़ूशिमा की ज्यादा याद सताती। एक दिन अपने की ओर जाते हुए वह हमारे सामने पड़ गया। हमारा साथी चिल्लाया, "मिज़ूशिमा।"

भिक्षु रुक गया, उसने अपना सिर ऐसे हिलाया जैसे वह डर गया हो, और गुजरने की प्रतीक्षा करने लगा। हमें अचानक महसूस हुआ। पर हम उल्टे दुःखी, भी थे।

"उसका मजाक मत उड़ाओ।" कैप्टेन ने चेतावनी दी, "देखो तुमने गरीब आदमी को डरा दिया।"

हम हमेशा मिज़ूशिमा के आने की उम्मीद में प्रतीक्षा करते रहे, पर वह कभी नहीं आया। हम निरुत्साहित हो गए और हमारी दयनीय जिंदगी और भी निर्जन हो गई।

साथ ही हमने पाया कि हम लंबी दमघोट, निरंतर सीलन में बनी रहने वाली बारिश के मौसम में फंस गए हैं। तूफानी बारिश लगातार कई दिनों बिना रुके होती रही। हमारी झोंपड़ी में निरंतर पानी चूता रहता। बारिश में नारियल के पेड़ ऐसे धुंधले लगते जैसे किसी गीले कागज पर स्याही की फैलती रेखा हो।

एक नीरस, निष्क्रिय दिवास्वप्नों की कल्पनाओं में हम जीवन जीते रहे हमने कहीं भी आना-जाना छोड़ दिया। और अपने शेष वाद्य यंत्र भी धीरे-धीरे नष्ट होने के लिए छोड़ दिए। कुछ लोग घुटनों के बल बैठ जाते और इधर-उधर ताकते रहते। कुछ फर्श पर दिन भर लेटे रहते। एक बार हमने देखा कि एक

आदमी जो सोया हुआ लग रहा था, अपने कंबल के नीचे रो रहा था। अब तो हमने एक-दूसरे से झगड़ना भी शुरू कर दिया था। यह ऐसा काम था जो हम पहले कभी नहीं करते थे।

"बताओ, मेरी बाकी चीजों का क्या हुआ ?" एक आदमी ने अपने भोजन के खाली टिन को हिलाते हुए मांग की। "मैं बंदर को खुद खिलाने जा रहा हूं!

"तुम किस बात पर शिकायत कर रहे हो ? पिछले दो दिनों से तो मैं उसे अपने राशन में से खिला रहा था। नहीं खिला रहा था क्या ?"

कैप्टेन ने हम लोगों को खुश करने के लिए एक बंदर पाल रखा था लेकिन बाद में बंदर पर हम लोगों के बीच बहस का सूत्र बन गया था।

आखिर में कैप्टेन ने हमारे नैतिक उत्साह के लिए हमें फिर गीत गाने के लिए तैयार किया। जब कभी बारिश बंद होती हम खुली जगह पर चले जाते और गाने का अभ्यास करते। इतने लंबे अर्से बाद हमने अपने फेफड़ों में ताजी हवा भरी थी। और हमें महसूस हुआ जैसे हम दुबारा जीवन की ओर वापस लौट आए हों।

कई आसपास के बाड़ों में भी कई तरह के काम जारी हो गए थे, शायद इसीलिए कुछ बाड़ों में कुछेक नाटकों की पढ़ाई की कक्षाएं जारी हो गयी थीं। जैसे ही किसी तरह का प्रदर्शन होता, बाड़े के बाहर से बर्मी लोगों की भीड़ इकट्ठी हो जाती और देखने लगती। कभी-कभी वे उत्साह में ताली बजाते या हंसी में भाग लेते।

हमारी जगह खासतौर से लोकप्रिय थी। हम हमेशा बढ़िया गाते थे। हम सुनने वालों को देखते और अटकले लगाते कि कौन कितनी बार आया है।

कस्बे के हर तरह के आदमी हमारी बाड़ के बाहर खड़े होते। क्योंकि वे गर्म देशों के लोग थे, उनके पास काफी फालतू वक्त होता, वे बाड़ों में या पेड़ों की छाया में रहते, और सुबह से शाम तक देखते रहते थे। वे हर गीत की तारीफ करते। बच्चों ने भी हमारी धुनें सीख ली थीं, और अपने सामूहिक दल बनाकर हमारी नकल करते। कभी-कभी तो उनकी टोलियां लाल या पीले रंगों के कपड़ों में हमारे संगीत पर नृत्य करतीं। वह सचमुच बहुत सुखद था। कुछ बूढ़े लोग पैसे और खाने की चीज़ें लपेट छिपाकर हमारी तरफ फेंकते। देखने पर संतरी उन चीजों को अनदेखा करता और हमारी धुन पर गुनगुनाता रहता। परंतु हमने कभी भी 'मेरा प्रिय घर' (जन्मभूमि) नहीं गायी क्योंकि वह कई पीड़ादायी स्मृतियों को जगा देता था।

एक दिन जब हम गा ही रहे थे तभी हमारे एक आदमी ने श्रोताओं के बीच इशारा किया। भीड़ के पीछे एक बर्मा भिक्षु खड़ा था। वही भिक्षु जिसे हमने पुल पर देखा था। मिज़ूशिमा का हमशक्ल उसके कंधे पर हरा तोता था और वह लगातार हमारी तरफ दीप्त आंखों से देखता जा रहा था।

गाना खत्म करके हमने अपनी गर्दन उसे देखने के लिए मोड़ी, "तुमने देखा, वह मिज़ूशिमा है......।"

"नहीं, वह उम्र में काफी बड़ा है।"

हमारे एक आदमी ने पंखों का एक पैकेट जो हमारी तरफ फेंका गया था, भिक्षुक की तरफ ठीक उसके पैरों के आगे फेंका। एक लड़के ने वह उठाया और आदरपूर्वक उसे दिया। भिक्षु ने अपने हाथ धन्यवाद की मुद्रा में जोड़े भिक्षु की वह मुद्रा इतनी आत्मीय थी कि हममें से कइयों ने सलाम में उत्तर दिया।

हम इस देश के लोगों से बहुत प्रभावित थे। जिस तरह वे भिक्षुओं, धर्मावलंबियों का आदर करते थे। यह केवल भिक्षादान नहीं था बल्कि उन लोगों के प्रति आदर था जो मानवता और सारे जीवों के उद्धार के लिए तपस्या करते थे। वे केवल अपनी भेंट हाथों में नहीं रखते बल्कि झुक कर आदरपूर्वक समर्पित करते थे। यह एक पवित्र कार्य था, ये प्रतिदिन इसमें लगे होते।

उसके बाद भिक्षु अक्सर हमारे बाड़े में आता। वह हमेशा निस्पंद हमें ताकता हुआ दूसरे दर्शकों के पीछे खड़ा रहता। हमें जो पैसे और खाने की चीज़ें बाहर से मिलतीं हम उसकी तरफ फेंक देते।

"लो वह फिर आ गया।"

एक ने तिरस्कारपूर्ण स्वर में कहा था कि इस तरफ काफी चीज़ें भिक्षुओं को दी जाती हैं, इसलिए यह पैदल चलने का काम लाभदायक है ?

उसे लेकर सभी उत्तेजित हो जाते हैं। "पर तुम देखते हो वह कितना अलग है," कोई दूसरा बोला, चाहे मिज़ूशिमा इसी की तरह शांत था परंतु वह इस भिक्षु की तरह मूर्ख नहीं था। याद करो वह कितना महान लगता था जब वह बारूद के छकड़े पर बैठा अपनी वीणा बजा रहा था।

उस दिन वह भिक्षु किसी लंबी यात्रा से वापस आया लगता था। उसका दुशाला गंदा और फटा हुआ लग रहा था। उसके बाल बढ़ गए थे। और उसके नंगे पांवों पर पट्टियां बंधी थीं। क्योंकि वह एक पवित्र व्यक्ति था इसलिए संभव है वह किसी तीर्थ यात्रा पर निकल जाता हो। बर्मी लोग इतने धर्मी होते हैं कि हर आदमी अपने यौवन का एक हिस्सा भिक्षु की तरह तपस्या के अभ्यास में बिताता है। इसीलिए अपनी उम्र के बराबर बहुत सारे नवयुवक भिक्षु हमने वहां

देखे थे।

क्या अंतर है ? जापान में हर युवा आदमी सैनिकों को पोशाक पहनता है परंतु बर्मा में वे भिक्षु के दुशाले ओढ़ते हैं। हम अक्सर इस पर बहस करते। अनिवार्य सैनिक शिक्षा या अनिवार्य धर्मशिक्षा कौन-सी शिक्षा अच्छी है ? कौन-सी ज्यादा प्रगतिशील है ? राष्ट्र के रूप में, एक मानवीय इकाई के रूप में, किसे चुना जाना चाहिए।

यह एक अनूठा वाद-विवाद होता था जो हमेशा अनिर्णय में समाप्त हो जाता था। संक्षेप में दोनों जीवन पद्धतियों का अंतर उस देश में प्रतीत होता जहां किशोर युवक सैनिक पोशाक पहनकर भावी प्रौढ़ युवजनों के रूप में अधिक मेहनती, कार्य सक्षम होते हैं अगर काम करवाया जाता है तो पोशाक ज़रूरी है। दूसरी तरफ भिक्षु पोशाक एक ऐसे जीवन के लिए है जहां शांतिपूर्वक उपासना करना ही लक्ष्य है। यह पोशाक मेहनत के लिए नहीं कम-से-कम युद्ध के लिए तो नहीं है। अगर आदमी अपनी किशोरावस्था में ही ऐसी पोशाक पहनता है तो वह संभवत: प्रकृति और अपने अन्य साथियों की संगति में ही ऐसा हृदय विकसित कर लेगा, और कभी लड़ने के लिए तत्पर नहीं होगा, अपनी कठिनाइयों पर वह अपनी शक्ति द्वारा विजय भी प्राप्त नहीं कर सकेगा। अतीत में हम जापानी लोग दासों जैसे कपड़े पहनते थे लेकिन अब पश्चिमी देशों के वस्त्र पहनते हैं। क्योंकि हम लोग अब संसार के कार्य सक्षम देशों में एक हो गए हैं और हमारा पुराना शांतिपूर्वक समसंस्कारी जीवन अतीत की वस्तु बन चुका है। मूल अंतर लोगों के दृष्टिकोण में छिपा है, या तो बर्मियों की तरह जीवन का जैसा रूप है यह स्वीकारना या फिर उसे अपने प्रारूप में ढालना। हर चीज़ इसी पर आधारित है।

शहरों में रहने वाले बर्मी कभी-कभी पश्चिमी पोशाकें पहनते। वे अपने परंपरागत ढीले-ढाले वस्त्र पहनते हैं। यहां तक कि दुनिया की राजनीति में व्यस्त राजनीतिज्ञ भी बर्मा के परंपरागत वस्त्र पहनते हैं। अपने देश में अपनी लोकप्रियता खत्म होने से बचाने के लिए। इसीलिए बर्मी लोग, जापानियों से भिन्न है अपरिवर्तनीय। हर चीज़ पर अपनी शक्ति यथा बुद्धि द्वारा आधिपत्य जमाने की अपेक्षा वे तपस्या को नम्रता और अपने से बड़ी शक्ति के भरोसे अपना लक्ष्य बनाते हैं। इसीलिए वे उन लोगों का भी विश्वास करते हैं जो पश्चिमी पोशाकें धारण करते हैं, और जिनका मानवीय दृष्टिकोण उससे भिन्न होता है।

हमारी बहस इस पर आकर रुक जाती कि यह लोगों पर निर्भर करता है कि लोग कैसा जीवन जीना पसंद करते हैं। प्रकृति पर अपने प्रयासों से नियंत्रण

करे या उस पर निर्भर करे और उसे एक गहरे, महान नियंत्रण का रूप दें ? परंतु उसमें से कौन दृष्टिकोण कौन-सी जीवन पद्धति रहन-सहन के स्तर मानवता के लिए उपयोगी है। हमें कौन-सी चुननी चाहिए।

हममें से एक आदमी जो बर्मी लोगों को निरादर की दृष्टि से देखता था कहा करता था कि "मैंने कभी इतने कमजोर और आलसी लोग नहीं देखे। जितनी चीज़ें भी उनके पास हैं, बिजली से लेकर रेलें तक वे चीज़ें उनके लिए किसी दूसरे देशों ने पैदा की हैं। उन्हें अपने को आधुनिक बनाना चाहिए, अपनी लुंगी छोड़ पैंट अपनानी चाहिए। उनके स्कूलों की शिक्षा सिर्फ नाट्य शास्त्र और संगीत की शिक्षा है। वे दावा करते हैं कि शिक्षा का स्तर ऊंचा है परंतु वह सिर्फ दक्षिण पूर्वी एशिया की तुलना में ऊंचा है और उसका ताल्लुक भी भिक्षुओं द्वारा धार्मिक सूत्रों की शिक्षा देना है इस गति से तो देश नष्ट और पतन की ही ओर जाएगा इसीलिए यह ब्रिटिश उपनिवेश हैं।"

किसी ने यह कहते हुए आपत्ति की कि लुंगी की जगह पैंट के पहनने से ज़रूरी नहीं कि संपन्नता आए। "जापान की तरफ देखो" वह बोला, और न केवल जापान की तरफ बल्कि सारा संसार गड़बड़झाले में फंसा है। जब लोग अहंकारी हो जाते हैं और अपनी इच्छा ही सब पर थोपना चाहते हैं तो वे गड़बड़ में फंस जाते हैं, चाहे उन्हें कुछ सफलताएं ही क्यों न मिलें, कालांतर में स्थिति विकट हो जाती है।

"तुम कह रहे हो कि हमेशा बर्मियों की तरह असभ्य बना रहना ठीक है।"

"असभ्य ? कभी-कभी मैं सोचता हूं कि हम भी उतने सभ्य नहीं हैं जितने वे हैं।"

"तुम पागल हो। तुम्हारा मतलब है कि हम उतने भी सभ्य नहीं हैं जितने इस गंदे पिछड़े इलाके के लोग हैं जो खुद को अपने पांवों पर खड़ा करने के लिए शिक्षित करने की कोशिश नहीं करते।"

यह ठीक है हमारे पास सभ्यता के यंत्र हैं, परंतु दिमाग से हम अभी भी जंगली हैं जो यह भी नहीं जानते कि सभ्यता के उपकरणों का इस्तेमाल कैसे किया जाना चाहिए। इन यंत्रों से हमने क्या किया सिर्फ एक भयानक लड़ाई की शुरुआत की है और यहां बर्मा तक पर कब्जा करने के लिए चले आए, और बर्मा के लोगों को भयंकर त्रासदायक पीड़ित किया। इस पर भी वे सब स्वीकार करते हुए शांतिपूर्वक जी रहे हैं। बर्मा वासियों ने हम पर हमला करने की मूर्खतापूर्ण भूल नहीं की। तुम कहते हो वे अशिक्षित हैं, पर वे बौद्ध धर्म

में विश्वास रखते हैं और अपना पूरा जीवन उससे संचालित करते हैं। वे अपने जीवन का एक हिस्सा भिक्षुक के रूप में गुजारते हैं। बौद्ध पद्धति उनके लिए जीवन की समानांतर प्रवृत्ति बन गयी है। इसलिए उनके हृदय पवित्र हैं, इसलिए वे शांतिपूर्वक रहते हैं। क्या यह कहीं अधिक महान शिक्षा नहीं है।

लेकिन अपने निम्न जीवन स्तर के बारे में क्या सोचते हैं ? यह मनुष्य मात्र के लिए उपयुक्त है ? पहली बात तो यही कि उनकी तरह का बौद्ध धर्म सार्थक नहीं है। संसार त्याग दो। अपनी कठिनाइयों के साथ रहना शुरू करो। इसकी परवाह न करो कि स्थितियां अच्छी हो रही हैं या विकट आत्मा की सुरक्षा पर ध्यान केंद्रित करो–तपस्या तभी सार्थक होती हैं जब आप दुनिया छोड़ दें और भिक्षुक के नए जीवन में पदार्पण करें। मैं समझता हूं बुद्ध के उपदेशों का यही शाब्दिक अर्थ है। हीनयान बौद्ध धर्म का यह रूप बर्मा में मिलता है। वे भिक्षुक बनते हैं। वे यथार्थ दुनिया की परवाह नहीं करते। पृथ्वी पर जीवन उन्हें इतना बेमानी लगता है कि अपने उनकी नयी चीज़ों की खोज की कोई इच्छा नहीं, और उन्हें यह कभी नहीं सूझता कि अपने जीवन की तरक्की के लिए कोशिश की जाए। उन्होंने जब तक कोई ऐसा तरीका विकसित नहीं किया जिससे हर कोई आजाद रहे। क्या तुम इसे सुख कह सकते हो। इस गति से वे कभी कोई तरक्की नहीं कर सकेंगे। बुद्ध ने इस तरीके के आनंद और प्रगति को प्राप्त किया था और वह भी हजारों वर्ष पूर्व उन्होंने लोगों को सिखाया कि इस जगत की और उन्मादी ढंग से अभाव को समाप्त करना चाहिए और जापानवासी अभी भी बुद्ध के उपदेशों के प्रति असावधान हैं। तुम ज्यादा शांतिमय सभ्य दुनिया चाहते हो तो यह कहीं ज्यादा बेहतर होगा कि हम बर्मा वासियों का अनुकरण करें, बजाय इसके बर्मी लोग हमारा अनुकरण करें।

“असंभव, अणु बम के इस युग में तुम बर्मियों की तरह आरामतलब नहीं हो सकते। ठीक इसी तरह हमें अणु युग में ज्यादा शांत और विचारशील होना चाहिए। यह कहीं बेहतर होगा कि हम अणुबम जैसी खतरनाक चीज़ को बर्मा के भिक्षु जीवन के संरक्षण में रखें।”

परंतु हम कभी किसी स्पष्ट निर्णय पर नहीं पहुंचे कि कौन-सी पद्धति बेहतर है। हालांकि अक्सर हम अपनी बहस के अंतिम दौर में इस बात पर सहमत होते कि बर्मी लोग अपने जीवन का हर पक्ष बुद्ध के गंभीर उपदेशों के अनुसार जीते हैं, और उन्हें असभ्य करार नहीं दिया जा सकता। उनकी हंसी उड़ाना गलत था। सिर्फ इसलिए कि उनके पास उस तरह का ज्ञान नहीं था, जो हमारे पास था, उनके पास कुछ विलक्षण था। जिसे हमने समझाना भी

शुरू किया था। उनके विपक्ष से सिर्फ एक बात थी कि वे बेहद कमजोर थे, और हम जैसे आक्रान्ताओं से अपनी रक्षा करने में असमर्थ थे। उन्हें सांसारिक जीवन की तरफ ज्यादा ध्यान देना चाहिए, उसे अर्थशीन समझकर रद्द नहीं करना चाहिए बल्कि उसे भी एक महत्तम मूल्य के रूप में रूपांतरित करना चाहिए।

इस तरह बहस हमने नयी धुन पर कोशिश करते-करते बर्मी लोक गीत की धुन पकड़ ली। वह आसान थी और दो हिस्सों में आसानी से गायी जा सकती थी। इसमें से एक हिस्सा वह था जिसे मिजूशिमा जंगलों में खतरे के संकेत के रूप में प्रयुक्त करता था।

जब हम उस पर अभ्यास करने लगे, तो बाड़े के बाहर खड़े बर्मी लोग बहुत अधिक खुश हुए। बूढ़े स्त्री-पुरुष पंक्तियों से सट कर वह गीत गाने लगे और बच्चों ने भी बाड़े की मुंडेर पर चढ़ कर वह गीत गाया।

वह भिक्षु भी वहीं था। हम उसे भी अपने साथ गाते देखना चाहते थे, अपने इशारों से हमने उसे तीव्रता से बुलाया भी। परंतु वह सिर्फ विस्मृत-सा बना आधी आंखें बंद किए वहां खड़ा रहा। प्रकटतः उसने उस निरर्थक काम में हमारा साथ देने की परवाह न की।

कुछ अर्से बाद हमने भिक्षुक के आने पर कोई ध्यान नहीं दिया। इसी बीच हमें सूचित किया गया कि बर्मी लोग हम युद्धबंदियों के साथ काफी मैत्री भाव रख रहे हैं। इसलिए पुराने बाड़े के भीतर एक दूसरा बांस का बाड़ा बनाया गया ताकि हम लोग दर्शकों से ज्यादा दूर रहें। अब यदि भिक्षु आता भी तो हम उसे भिक्षा नहीं दे सकते थे। शायद इसलिए भिक्षु ने आना ही बंद कर दिया था।

जैसे वक्त गुजरता गया मिजूशिमा की मृत्यु का संदेह हम सब के दिलों की गहराइयों में उतरता गया। हमने उसके बारे में बात करनी बंद कर दी। हममें से सभी उस विषय को सायास टालने लगे। तभी एक अनपेक्षित किस्म की खबर हम तक पहुंची और उससे लगभग निश्चित हो गया कि मिजूशिमा खत्म हो गया है।

यह खबर हमें चीज़ें बेचने वाली बूढ़ी औरत ने दी थी, जो हमारे कैंप में आया करती थी। वह जापानी सैनिकों को तब से चीज़ें बेचा करती थी जब से वह यहां ठहरे हुए थे, उस वक्त वे अधिकारी की हैसियत से यहां थे। वह

उसी किस्म की बूढ़ी दादी अम्मा थी जैसी अक्सर फौजी छावनियों के पास होती थी। वह फौजियों के साथ ऐसा बर्ताव करती थी जैसे उसी के अपने बच्चे हों। उनके कपड़े धोने या इसी तरह का काम करना या उन्हें अपने घर पर रात्रि भोज के लिए आमंत्रित करना उसके आत्मीय व्यवहार के हिस्से थे।

यह औरत भिक्षु से भी ज्यादा धार्मिक थी। जापानी सैनिकों को चीज़ें बेचकर उसने बहुत धन कमाया, लेकिन उसने अपनी सारी कमाई एक मंदिर को दे डाली और खुद गरीबी में गुजारा करती थी। हालांकि हम जापानी सैनिक अब कैदी थे, फिर भी वह अक्सर हमारी सहायता के लिए जाती थीं। वह हर व्यक्ति से अपनी भूरी बांहें हिलाती हुई बातें करती और इतने मजेदार तरीके से हंसती कि उसका सारा फूला बदन हिलने लगता। अब हम उसकी हंसी सुनते जो अपने को हंसने और परस्पर विनोद क्रियाओं से नहीं बचा सकते थे। जब कभी वह बूढ़ी औरत आती, हम उस पूरे दिन ज्यादा खुशी रहते। उसे भी संतरी आजादी से आने-जाने देते, हां, यह जाहिर करते हुए कि उसे जैसे देखा ही नहीं हो।

अब उसका ज्यादा व्यापार नहीं चलता था। वह सिर्फ इतना कर सकती थी कि चीज़ें हमसे अदल-बदल कर लेती थी, हमारे कपड़े और दूसरी चीज़ें हालांकि शुरू से ही बहुत कम थीं, लेकिन क्योंकि हमने उनकी जगह नयी चीज़ें नहीं प्राप्त की थी, इसलिए उन्हें बचा कर अपने पीछे लाद कर ले आए थे। इसलिए अभी भी हमारे पास कुछ चीज़ें बाकी थीं !

एक दिन वह बूढ़ी औरत अपने सिर पर बिक्री की चीज़ों की बड़ी पोटली, ठीक से टिकाए भारतीय संतरी की तरफ बनावटी हंसी देखती हुई दरवाजे से ले आयी थी। हम तुरंत उसके चारों ओर घिर गए।

"हे, दादी मां, एक केला मेरी इस कमीज के बदले में दे दो।"

"हां," उसने जापानी में जवाब दिया।

"दादी मां मैंने यह बांसुरी कल बनायी थी; यह अच्छे किस्म की है, मुझे इसके बदले कुछ पतीसा 'पीली बर्फी' लेने दो।"

"ठीक है। वे बदल दो बदल लो," का हमारा जापानी शब्द छोटे बच्चों को भी विदेशों में बहुत जगह पता है। वह अच्छी तरह ओसाका प्रांत की जापानी बोली के लहजे में बोल लेती थी। जो सैनिक पहले यहां थे निश्चय ही वे ओसाका क्षेत्र के थे।

"दादी मां, मैंने जो पिछली बार यह बंदर लिया था, इसे मैं नहीं चाहता। क्या इसे तुम कुछ सूखी नमकीन मछली के लिए ले सकती हो ?"

“नहीं, नहीं। मैं उसे वापस न लूंगी।” बूढ़ी औरत ने कहा।

“वह बंदर बहुत चालाक है। सूखी नमकीन मछली चाहिए।”

आखिर में उसने अपने कपड़ों के अंदर टटोलना शुरू किया और एक पक्षी बाहर निकाला। वह जीवित पक्षी था। वह एक छोटा हरा तोता था।

तोता

'तोता बूढ़ी औरत के हाथ पर बैठ गया, अपनी गोल-गोल आंखों से उसने इधर-उधर देखा और अपने पंख फड़फड़ाए। तब उसने सूखी सांस की खरखराहट के साथ शोर किया।' अपनी चोंच जोड़कर फिर अपनी छोटी काली जीभ को घुमा कर वह धीमे स्वर में चीखा, कीं कीं...।

"किसे चाहिए यह तोता ?" हम सब मंत्र मुग्ध उस तोते की ओर देखते रहे। "तुम जानते हो, तुम इसी पक्षी को बर्मी या जापानी या कोई भी ज़ुबान सिखा सकते हो।"

यह वैसा ही है जैसा वह भिक्षु अपने कंधे पर चढ़ा कर, करीब से उसे ऐंसे रखता है...।

यह सुनते ही बूढ़ी औरत ने फिर बोलना शुरू किया, (जल्दी-जल्दी बोलते हुए) "ओह तुमने वह भिक्षु देखा है, यह उसी के तोते का छोटा भाई है। मेरे पड़ोसी ने दोनों को पकड़ा था। उसने एक पेड़ देखा था वहां तोते के घोंसले थे, पूरा दिन उसने पेड़ को काटते हुए बिताया और पांच तोते पकड़े। वह इतना खुश था कि वह बोला यह उसके तीन दिनों के काम के बराबर है, और तब से वह अब तक काम पर नहीं गया। परंतु तभी जब उसने पक्षी पकड़े थे, वह भिक्षु वहां से गुजरा और उसने रास्ते के बारे में पूछा। मेरे पड़ोसी ने तपस्या के निमित्त प्रार्थना की और सबसे हरा पक्षी उसे दे दिया। तब से वह तोता उसके कंधे पर है। यह कुछ हल्के रंग का है–पर क्या यह सुंदर नहीं है।"

कैप्टेन भी सब कुछ सुन रहा था और जब उसे पता चला कि यह तोता

उस भिक्षु के तोते से संबंधित है। तो इतना अभिभूत हो उठा कि उसने अपना सिगरेट केस उसके बदले दे दिया।

तोता जल्दी ही सारे दस्ते का प्यारा हो गया और एक ने उसे कुछ शब्द भी सिखाए। वह जल्दी सीख भी गया–जैसा बूढ़ी औरत ने बताया था उसने बर्मा और जापानी शब्दों को समान रूप से ठीक सीखा, उसे सुनते हुए एक अजीब अहसास होता, एक आदमी ने तो उसे गाना सिखाने की जी तोड़ कोशिश की, पर असफल रहा।

उसी दिन उस बूढ़ी औरत ने हमें एक अफवाह के बारे में बताया कि एक जापानी सैनिक बंदियों का दस्ता कहीं सुदूर जंगलों से लाया गया है। उनके दस्ते के बारे में कहा जाता है कि उन्होंने एक जंगली चट्टानी पहाड़ी में मरने तक लड़ने की कोशिश की, उन्हें बहुत नुकसान उठाना पड़ा, करीब सारे युद्धबंदी घायल अवस्था में हैं। ये दयनीय लगते थे। उन लोगों का इलाज मुडान के ब्रितानी अस्पताल में किया जा रहा था। पर उनमें से सब ठीक नहीं हो पाए। उनमें से जो अब तक मर गए थे, अस्पताल के कब्रगाह में ही दफनाए गए हैं, और इनमें से कुछ तो बेहद नौजवान थे, जैसा कस्बे के लोग बताते थे।

जब हमने यह सुना तो हम सबने कैप्टेन की तरफ देखा। केवल कुछ दस्ते ही लड़ाई खत्म होने के बाद लड़ते रहे, इसलिए जिस दस्ते के बारे में बूढ़ी औरत ने बताया था, ऐसा लगता था कि वह वही तिकोनी चोटी वाला दस्ता था।

"दादी मां !" कैप्टेन बोला, "मेहरबानी करके उस दस्ते के बारे में ज्यादा बातें पूछ लें, जाओ और देखना कि वह जापानी सैनिक तो उनके पास नहीं आया जो खास संदेश के लिए तैनात था। और अगर वह आया हो तो पूछना कि उसका हाल क्या है ? इसके बारे में सब कुछ जानने की कोशिश करना, क्या वह अभी उन्हीं के साथ हैं, क्या वह घायल हो गया था या कहीं और ले जाया गया था। यह बात तुम्हारे-हमारे बीच ही रहेगी। मुझे पूरा विश्वास है......।"

बूढ़ी औरत ने स्वीकृति में सिर हिलाया।

करीब दस दिन बाद आयी। जब हमने उत्सुकता में बार-बार अपना सवाल दुहराया तब वह बोली कि "ऐसी कुछ बात ज़रूर थी। उस दूसरे दस्ते के फौजी का धन्यवाद कि उसने उन्हें ख़त्म होने से बचाया और उन्होंने लड़ाई बंद की। पर कोई नहीं जानता कि उसका क्या बना। वह बारूद की आग के बावजूद इधर-उधर अपना संदेश पहुंचाने जाता था। निश्चित ही वह उन पहाड़ियों में खत्म हो गया होगा।"

इस समाचार से कैप्टेन विचलिंत दिखाई दिया। हम सब लोगों की हल्की कराहें निकलीं। "तो वह मर गया कोई चीखा।"

कांपते हाथों से कैप्टेन ने मिज़ूशिमा के भाग्य के बारे में संभव खबरें पूछते हुए उस दस्ते को खत लिखा और बूढ़ी औरत ने वह खत पहुंचाने का वादा किया। परंतु जब वह दूसरी बार आयी तो उसने बताया कि संतरी ने उसे चिट्ठी के साथ पकड़ लिया था और बुरी तरह फटकारा और चेतावनी दी कि अगर उसने फिर कभी ऐसा किया तो उसे कैदी सैनिकों के पास जाने की इजाजत नहीं दी जाएगी। आगे उसने बताया कि वे घायल सैनिक किसी दूसरे अस्पताल में भेज दिए गए थे और अब वे मुडान में नहीं थे। सिर्फ इतना ही हमें पता चल पाया।

कुछ भी हो हमें पता चल गया था कि मिज़ूशिमा ने अपना काम पूरा कर लिया था, और वह उन सैनिकों में नहीं था जो उस तिकोनी चोटी से यहां लाए थे। हमारी आखिरी धूमिल आशा भी कि वह जीवित होगा विलीन हो गयी।

हमारी इच्छा थी कि कम-से-कम हमें उसकी भस्म मिल जाती या बालों की लट मिल जाती; लेकिन यह असंभव था। इसमें कोई शक नहीं कि अनेक युवा देशवासियों के शवों की तरह उसका मृत शव भी किसी अनजान क्षेत्र में पड़ा हुआ होगा। इस तरह का ख्याल भी असहयनीय था, हम सिर्फ यही कर सकते थे। वे मिज़ूशिमा को भी मृत मान लें, ऐसे अनेक लोगों की तरह जो लड़ाई से लापता हो जाते हैं। कैप्टन अनेक तरह की सम्भावनाओं के बारे में और उम्मीद न छोड़ने के बारे में बातें करता रहता। परन्तु वह भी जानता था कि उसके शब्द खोखले हैं। यह उनके चेहरे से साफ झलकता था।

हम निराशाओं के अभ्यस्त हो चुके थे लेकिन उस वक्त यह सचमुच गहरे नैराश्य की बात थी। बंदियों के रूप में हमारा जीवन और दिनों की अपेक्षा ज्यादा दुखद हो गया था। हम एक के बाद एक उकताहट और थका देने वाले दिनों में गुजरते रहे।

इस बीच बरसात खत्म हो गयी और शुष्क मौसम आया। लेकिन हम पहले जैसी हालत में नहीं लौट पाए। हम खुद को लक्ष्यहीन, निराश और शक्तिहीन से महसूस करते थे। युद्ध बंदी होने की वजह से हमने चरम कड़वाहट भी भोगी। हम अपने जीने को व्यवस्थित भी नहीं कर पा रहे थे। यहां तक कि साथ-साथ गाते हुए भी कभी अपने पुराने उत्साह को महसूस नहीं किया। शायद उन दिनों जापानी लोग हर जगह जड़ता तथा गहरी हताशा की स्थिति

में थे।

हमारे तोते की ओर अब किसी का ध्यान न जाता तो उपेक्षित सा वह उसी आवाज़ में छत की ओर देखता, अश्लील और गंदे वाक्य जापानी के बोलता और कीं...कीं जैसी बेढंगी, चीखती हुई आवाज़ में चिल्लाता रहता। परन्तु वह चूहे पकड़ने के काम के लिए अच्छा था। कभी-कभी तो आधी रात के वक्त वह कड़ियों के बीच में चूहे को अपनी चोंच मारता हुआ अच्छा खासा बखेड़ा खड़ा कर देता।

डेढ़ साल बंदियों की तरह गुजारने के बाद भी विस्मयकारी यानी अभिव्यक्ति से परे ऐसी घटनाओं का क्रम तब तक चलता रहा जब तक हमें जापान वापस भेजने का काम पूरा नहीं हुआ। आश्चर्य चकित, संदेहालु और भयभीत, हम उन बातों की चर्चा करीब-करीब हर रात करते।

सात-आठ महीनों में ही अपने युद्ध बंदी जीवन के दौरान, हम लोग नियमित रूप से बाहर एक निर्माण कार्य के लिए जाने लगे थे। हगें मुडान बौद्ध बिहार के पीछे एक मकान की मरम्मत करनी थी। जल्दी ही मृत ब्रितानी सैनिकों के शव उस भवन में दफनाये जाने थे, और हमें वह काम नियत तारीख तक खत्म कर देना था।

उन दिनों उत्सव चल रहे थे इसलिए एक बार हमें भी बौद्ध विहार में जाने की इजाजत मिल गयी थी।

मन्दिर का प्रांगण लोगों से भरा हुआ था। सुन्दर रंगीन कपड़े पहने लोगों की इतनी भीड़ थी कि आप देख ही नहीं सकते थे कि आप कहां जा रहे थे। कबूतर सुनहरी सुइयों की माफिक मंदिर की चोटियों के चारों तरफ तथा मुड़ी हुई छतों के किनारों पर उड़ रहे थे। लोग पथरीले रास्ते पर तथा सीढ़ियों पर बिखरे हुए थे। लेकिन काफी भीड़ होने के बांवजूद वहां सन्नाटा था। बर्मी लोग नंगे पांव चुपचाप छायाओं की तरह चल रहे थे।

हमने भी अपने जूते उतारे। उपासकों की भीड़ रुकी और वे हमें देखने लगे। हमें रास्ता देने के लिए वे चुपचाप एक तरफ हो गए शायद वे किसी समय के शक्तिशाली जापानी सैनिकों के वर्तमान को देखकर दुःख महसूस कर

एक चमकीली आखों, घुंघराले बालों, भूरे बदन वाला लड़का पत्थर के विशाल सिंह जिसका कि मुंह खुला हुआ था तथा जो मंदिर के दरवाज़े पर स्थित था, उसी सिंह के पावों पर बैठ कर वीणा बजा रहा था। लोग उसके पास से गुजरते हुए पैसे उसकी तरफ फेंकते थे।

बर्मी वीणा विलक्षण किस्म का वाद्य यंत्र है। यह चमकीली सुंदर लकड़ी से तैयार किया जाता है तथा अंडाकार गोल होता है। कहते हैं कि बर्मी संगीत बारिश की बूंदों की आवाज़ के अनुकरण से आरंभ हुआ, जो भी हो इसकी एक लंबी परम्परा है। बर्मी लोगों की संगीत में इतनी अधिक रुचि है कि उन्होंने तरह-तरह के वाद्य यंत्र बनाए हैं तथा जटिल और पूर्ण विकसित धुनों का विकास किया है।

पहले जब भी हम वीणा की धुन सुनते चकित और स्तब्ध रह जाते हैं। वीणा हमें मिज़ूशिमा की याद दिलाती। परंतु अब तक हम इन धुनों के इतने अभ्यस्त हो गए कि न उससे चौंकते और न दुःखी होते। विशाल प्रस्तर सिंह के पांवों में बैठा लड़का ऐसी धुन बजाता जो लोगों को रुचिकर लगे। जैसे ही उसने हम लोगों को देखा उसने जापानी गीतों की धुनें बजानी आरंभ कर दी, लेकिन हमारे पास ऐसा कुछ नहीं बचा था जो उसे दे सकते।

हम सीढ़ियां चढ़ कर मन्दिर के अन्दर पहुंचे।

बर्मी लोग मन्दिरों में खुले हृदय से दान देते हैं, हालांकि उनके घर दरिद्रता से आपूर्ण होते हैं लेकिन मंदिर विलक्षण रूप से सुंदर होते हैं इस मंदिर का अंदरूनी संगमरमर भी अच्छी तरह से सजा हुआ था और हर-जगह बुद्ध मूर्तियां स्थापित थीं।

बर्मी उपासक पूजा के समय मूर्ति के सम्मुख बैठकर अपना सिर झुका लेते हैं तथा आस्थावान प्रार्थना के रूप में अपने हाथ जोड़ते हैं। हर दिशा से आती हुई आवाज़ में आप सूत्र वाणी सुन सकते हैं। धूपबत्ती का सुगंधित धुआं हवा में तैरता रहता है। वहां एक अपरिचित अलस मंत्रमुग्ध करने वाला वातावरण बना रहता था। अधिकांश उपासक औरतें थीं जो प्रार्थना कर रही थीं कि पुनर्जन्म के रूप में उन्हें पुरुष योनि मिले। उनके घुटनों के पास से लंबी-लंबी सिगरेटें और माचिसें होतीं। बर्मा में बच्चे भी सिगरेट पीते हैं और उन औरतों के पास भी सिगरेट रखी हुई थी। वे प्रार्थना के तुरंत बाद उठकर नहीं जाते बल्कि घंटों अचेतनावस्था में बैठे रहते हैं, जैसे वे स्वर्ग का सुख प्राप्त कर रहे हों।

एक कोने में एक युवा लड़की पत्थर के फर्श पर अपने दोनों जुड़े हुए हाथों के बीच सफेद खिला हुआ कमल लिए बैठी हुई थी उसके सामने एक

दीवार की ओर बुद्ध की मंद-मंद मुस्कराती मूर्ति थी, जिसमें लंबा श्वेत हाथ एक कंधे में झूल रहा कुछ-कुछ ऐसा दिखाई दे रहा था मानो हाथ अभी हिलना शुरू कर देगा।

उसी के पास एक आदमी उपासना की मुद्रा में बैठा हुआ था वह पीला और बेहद पतला था, तकरीबन एक जीवित ढांचे की तरह। जैसे ही हमने उसकी तरफ देखा, हमें ऐसा लगा जैसे वह कुष्ठरोगी हो। हम मंदिरों से परे ही रहते थे क्योंकि अनेक कोढ़ी वहां बैठ कर मांगते या उपासना करते थे। उस बूढ़े आदमी को देखकर हमारे तलुओं में खुजली की हरकत महसूस हुई।

कितनी बदली हुई विचित्र दुनिया थी। जब भी हमने इस तरह की कोई चीज़ देखी हम अचरज में पड़ जाते थे कि इस तरह का भी देश कैसे हो सकता है कैसे लोग ऐसा जीवन जी सकते हैं।

जापान भी शायद पुराने दिनों में वैसा ही था, यह तो केवल अस्सी वर्षों की अवधि है जिसने हमें आधुनिक बना दिया। क्योंकि परिवर्तन बहुत तेजी से हुआ, इसलिए वह बदलाव इस तरह की दिक्कतें लाया। जिस वक्त हम उस समुद्र पार जाने के लिए जहाजों पर बैठे थे उस वक्त हमारे लोगों के मन में भय था। वे भय से कांप रहे थे और इस ढंग से काम कर रहे थे जैसे कोई गुलाम काम करता हो। वे युद्ध के परिणामों की चिंता की वजह से पीले पड़ गये। इसके विपरीत बर्मा के लोग चाहे नम्र, कमजोर और दरिद्र थे। किंतु शांतिपूर्वक अपनी शांत और खुश ज़िंदगी भोग रहे थे। वे केवल आत्मा के कल्याण से चिंतित थे।

एक ब्रितानी सैनिक मंदिर में आया और उसने चारों तरफ कुछ जानने की इच्छा से देखा उसने भी अपने जूते उतारे स्थानीय लोगों के रिवाज का अनुकरण किया था परंतु जैसे ही उसने बूढ़े आदमी को देखा, वह तुरंत उठ खड़ा हुआ। उस ब्रितानी सैनिक के साथ वीणा की एक सुंदर धुन दरवाज़े के अंदर से तैरती हुई आयी। स्पष्ट था की दरवाजे के पास का लड़का नजदीक आ गया। वह 'मेरा प्रिय घर' की धुन बजा रहा था, शायद ब्रितानी सैनिक को खुश करने के लिए।

अचानक वह गीत सुनकर हम भावावेश में भर गए। बहुत अर्से बाद हमने वीणा पर वह धुन सुनी थी। सिर झुकाए हम सबने वह गीत सुना। बुद्ध प्रतिमाएं जिनके चेहरे के सामने थे गीत सुनती प्रतीत होते थे। कोमल किंतु कांपती हुई संगीत ध्वनि ऐसी सुनाई दे रही थी मानो गर्म देशों के बे-खिले फूलों पर बारिश की बूंदें गिर रही हों। हमने मिज़ूशिमा के बारे में सोचा और भगवान बुद्ध से

प्रार्थना की कि उसकी आत्मा को शांति मिले।

वीणा बाहर बज रही थी इसलिए हम उसे साफ-साफ नहीं सुन सकते थे। परंतु उसकी मंद गति से चलती हुई धुनों को सुनते रहे, जो अभी ऊंची तथा अभी नीची होकर असंख्य अंतर्ध्वनियों में गुंथती हुई एकमेव हो जाती, तथा अंत में हवा में विलीन हो रही थी।

कुछ क्षणों के बाद कैप्टेन ने अपने कानों को ऊंचा कर हठपूर्वक आग्रह किया, बोला, "सुना"—फिर उत्तेजित होकर बोला, क्या तुम तानों की झंकार सुन रहे हो।

क्यों, "कैसी वह ?" एक आदमी ने कैप्टेन की तरफ देखते हुए कहा।

श...श, वह सुनता रहा, परन्तु वीणा की आवाज़ दूर-दूर होती चली गयी, चलो वह बोला। और हम लोग मंदिर के बाहर आ गए।

कैप्टेन चुपचाप काफी आगे चल रहा था उसने अपनी जेबों से सारे सिक्के निकाल कर मुट्ठी में भर लिए थे। हम अपने को कैप्टेन के साथ रखने के लिए तेज-तेज चलने लगे। इतनी तेज कि लोग हमें आश्चर्य से देखने लगे।

आखिर दरवाज़े के बाहर लोगों की भीड़ में वीणा लिए खड़े उस लड़के को देख ही लिया। कैप्टेन उसके पास गया और अपने सारे पैसे दे दिये और ऐसी आग्रहपूर्ण मुद्रा बनाई वह वीणा बजाये। लड़के ने घूर कर कैप्टेन की तरफ देखा, परंतु एक आज्ञाकारी बालक की तरह बजाने की मुद्रा बनायी कैप्टेन ने 'मेरा प्रियघर' गाना शुरू किया और लड़के से वीणा बजाने का अनुरोध किया।

तभी हमने पुलिस की सीटी सुनी। हमारे दस्ते का इंचार्ज हिंदुस्तानी सैनिक दरवाज़े के बाहर हमें ताक रहा था। आदेश के रूप में चीखने लगा, "लाइन में खड़े हो जाओ। आराम का वक्त खत्म हो गया।" अनिच्छापूर्वक कैप्टेन हम सब लोगों को वहां से ले चला। पीछे जैसे ही हम गये, हमने सुना वह लड़का एक लोकप्रिय बर्मी धुन बजा रहा था।

उस रात कैप्टेन ने पूछा, "तुम क्या सोचते हो, लड़के ने प्रियधर की धुन कहां सीखी होगी।"

हम चुप रहे हमें आश्चर्य था कि वह उस बारे में उतना चिंतित क्यों था आखिर एक आदमी बोला, "यह एक जानी-पहचानी धुन है, और ब्रितानी लोग उसे यहां हमेशा गाते हैं।"

"नहीं-नहीं, मेरा मतलब यह नहीं था। जिस तरीके से वह बजा रहा था। मेरा मतलब उससे था। क्या तुमने इस बात की कोशिश की," पर उस बारे में कुछ भी असाधारण नहीं सोच पाये।

"वह झंकार, उस तरह का सम स्वर क्या बर्मी लोग बजा पाते हैं ?"

"क्या वे बजा पाते हैं ? हमने खुद से यह सवाल पूछा ! हम केवल मिज़ूशिमा के वीणा वादन के तरीके को जानते थे और आज बौद्ध मंदिर में हमने पद का एक ही हिस्सा सुना था। उस थोड़े से संगीत से हम कुछ भी अंदाजा नहीं लगा सकते थे।"

निश्चय ही, हर स्वर-ताल की अपनी विशेष पद्धति थी, कैप्टेन ने अपनी बात जोड़ी। आज मुझे ऐसा महसूस हुआ जैसे मैं मिज़ूशिमा की पद्धति का संगीत सुन रहा हूं। क्या वह उसका बजाने का तारतम्य नहीं था ? क्या कोई आदमी ऐसा नहीं सोचता।

इस बात ने हम सब को स्तब्ध कर दिया।

"परंतु कैप्टेन क्या उतनी दूर से सुनने पर भी तुम बता सकते हो ?" किसी ने पूछा।

"ठीक है, शायद नहीं," कैप्टेन भी शंकालु हो उठा, "हो सकता है मेरी कल्पना मात्र हो।"

जो भी यह इतना उलझाने वाला मसला था कि हमने वह पूरी रात इसी बहस में बिता दी।

कैप्टेन एक संगीत शिक्षा प्राप्त संगीतज्ञ है, यह बात भी बताने योग्य थी। इसलिए छोटे से संगीत स्वर से वह बता सकता था कि वह झंकार बर्मी लोग इस्तेमाल करते थे या नहीं। आप उसके कानों पर विश्वास कर सकते थे। परंतु अगर वह मिज़ूशिमा की पदावली थी तो दुनिया में उस लड़के ने वह किससे सीखी ? किसने उसे सिखाई ? अगर हम उसे मिल पाते और पूछ सकते तो संभव था मिज़ुशिमा के बारे में कुछ जान पाते।

संभव था कि मरने से कुछ देर पहले मिज़ूशिमा ने वह संगीत पदावली किसी को सिखाई हो। ठीक एक पराक्रमी बांसुरी वादक की तरह, जिसका वर्णन हमारी लोक कथाओं में है। उसने भी अवश्य चाहा हो कि युद्ध क्षेत्र में मरने से पूर्व वह अपनी कला का रहस्य किसी पर जाहिर कर दे। अगर हम भूत होते तो हम बाहर जाकर उस लड़के को खोजते और उससे पूछते कि मिज़ूशिमा कैसे मरा?

हमारी बातें ज्यादा जीवंत हो उठीं, लेकिन तभी बातचीत ने अचानक एक मोड़ लिया।

क्या सचमुच उसके पास इतना वक्त रहा होगा कि वह अपनी पदावली की पद्धति किसी को सिखा सके। जब मिज़ूशिमा उस तिकोनी चोटी पर पहुंचा

था उसने ज़रूर एक संवाद प्रेषक की तरह बारूद की आग के घेरे के बीच इधर-उधर जाना शुरू कर दिया था। जैसा कि उस दस्ते के सैनिक बताते हैं उस मामले में जाहिर है वह तब ही किसी को सिखा पाया होगा, जब दस्ते ने आत्म-समर्पण कर दिया। इसका मतलब था कि मिज़ूशिमा युद्ध से बच निकला और अभी जीवित है।

बहस के बाद जब हम लोग एक किस्म की उत्तेजना में बोल रहे।

तब तक भी, जब हम इस पर सोच चुके, लगता था कि संभावना अस्पष्ट है। यह निर्भर करता था कि क्या लड़का मिज़ूशिमा की ही पदावली बजा रहा था या नहीं परंतु हम इसके बारे में निश्चिंत कैसे हो सकते थे ? कैप्टेन मिज़ूशिमा को अपने भाई की तरह मानता था, खुद को वह अपने भाई को मृत्युमुख में भेजने के लिए जिम्मेदार मानता था। मिज़ूशिमा के जीवित होने की यहीं कहीं एक धूमिल आशा-सी जाहिर होती थी इसीलिए वह इतनी उत्सुकता से इस ओर झुका हुआ था।

उसके बाद हमने उस लड़के को फिर नहीं देखा। और जैसे-जैसे दिन बीतते गये हम उस अस्पष्ट संभावना को भूल गये।

कुछ हफ्तों के बाद हम बौद्ध मंदिर के पास एक बड़े जंगल में पेड़ों को काटने के लिए गये। हमें अस्थायी कब्रिस्तान के लिए लकड़ी के तख्ते बनाने थे, जहां मृत ब्रितानियों के शव ठीक तरह रखे जाने थे।

क्योंकि यह खुला मौसम था, हमने काम करते हुए एक के बाद एक अच्छे दिनों का मजा लिया। हर एक शक्ति भर काम करता रहा। निराशा और जड़ता मुक्त हो रहे थे आर्द्र मौसम और पराजय के कारण बढ़ आयी थी।

जैसे ही कुल्हाड़ी का कोई प्रहार पेड़ के तने पर होता, लकड़ी के छोटे-छोटे टुकड़े बर्फ को तरह गिरते। हम तने की एक तरफ फिर दूसरी तरफ फिर कुछ ऊपर की ओर कुल्हाड़ी का प्रहार करते। जल्दी से ही पेड़ का ऊपरी सिरा हवा में नाचने लगता और विशाल पेड़ की झुकी हुई लताएं तथा लरजती हुई शाखाएं एक जीवधारी की तरह गतिशील हो जातीं। एक क्षण के लिए संतुलन बनाए रखने की कोशिश में वह हवा में लटका रहता है। परंतु आखिरी प्रहार के साथ ही पेड़ नीचे की ओर किसी चीज़ को चीरने की भयानक आवाज़

करता हुआ जमीन पर आ गिरता। विशाल तना जड़ से अलग गिर जाता। हर आदमी रास्ते से दूसरी ओर कूद जाता। पत्तियां हमारे ऊपर बरसतीं और पेड़ पर रहने वाली चिड़ियाएं भी फड़फड़ाती हुई शोर के साथ उड़ जातीं।

तब हम शाखाओं को नोचने का कार्य शुरू करते जैसे हम किसी जीवित जीव 'सांस लेने वाले' की हत्या कर रहे हों। चमकदार ओस जैसा रस कटी हुई जगहों से बहने लगता जैसे वह फिर से खुशबूदार सांस ले रहा हो।

जब कभी हम कोई पेड़ गिराते हमारा हिंदुस्तानी संतरी हमारी तारीफ करता, "तुम जापानी इस काम में बहुत निपुण हो," वह कहता।

एक बार एक बड़े सूखे पेड़ पर काम खत्म करने के बाद हम आराम कर रहे थे तथा अपने बदन का पसीना सुखा रहे थे। सूरज की किरणें घने जंगल के हरे पत्तों के गुच्छों से छनकर आ रही थीं, लगता था जैसे हल्की हवा में भी हरापन था। पांव के नीचे पत्तों का गुदगुदा बिछौना और घास गद्दों की तरह कोमल लग रही थी। वह निर्जन एकांत आश्चर्यजनक तरीके से शांतिपूर्ण था। उस समय हम कुछ सुन सकते थे तो वह पानी के झरने की आवाज़ थी जो पास ही कहीं चल रहा था शायद पत्तों के गुदगुदे बिछौने के नीचे की दलदल में कहीं।

अब हिंदुस्तानी संतरी का हम पर इतना विश्वास हो गया था कि आराम के उन क्षणों में वह चुपचाप किसी कोमल कोने में घास के गदीले गुच्छों में पत्तों से लदे किसी पेड़ के तले लकड़ी के कुंदों का सिरहाना बनाकर लेटा रहता और झपकी ले लेता।

उस दिन हमारे एक आदमी ने नजदीक ही कहीं पेड़ों की छाया में पीले वस्त्र पहने कोई आदमी खड़ा देखा। वह रंगीन छापे वाला दुशाला ओढ़े एक भिखारी जैसा बर्मी भिक्षु था। वह कुछ देर हमें ताकता रहा फिर उसने चारों तरफ घबरा कर हम लोगों को अपनी तरफ आने का इशारा करने लगा। हमारे साथी यह देखने के लिए गये कि वह क्या चाहता है।

भिक्षु छोटे कद का बड़ी हड्डियों वाला मनहूस दिखने वाली सूखी आंखों और फटे बेडौल होठों वाला था। उसके बाल लंबे और टेढ़े-मेढ़े थे लेकिन उसकी दाढ़ी साफ बनी हुई थी। वह घास में पालथी मार कर बैठा हुआ था जैसे अपने को छिपाना चाहता हो। उसने संकोचवश खुशामदी मुद्रा बनायी और दीनतापूर्ण हंसी में दांत निपोरे।

ऐसा मालूम हुआ जैसे कि वह भिक्षु भोजन चाहता हो, इसलिए एक सैनिक ने अपने राशन के डिब्बे में जो कुछ बचा हुआ था उसे दिया। भिक्षु ने अपनी

अंगुलियों से खोद-खोद कर वह खाया, लेकिन जब बाकी लोग जाने लगे तो भिक्षु ने उन्हें रोका और पूछा, "तुम लोग इस शहर में कितने अर्से से हो।"

"पिछले सितम्बर से।"

"हूं" भिक्षु ने क्षण भर कुछ सोचा, "और आप लोग जापान कब जा रहे हो।"

"मुझे नहीं मालूम।"

"इस बारे में क्या सोचते हो, क्या जापान लौटना अच्छा है। जापान किस हालत में होगा," भिक्षु ने अपनी लाल मनहूस आंखों से उस सैनिक की तरफ गौर से देखा। यह अचानक हमारे साथी की समझ में आया कि वह भिक्षु बहुत साफ जापानी बोल रहा था और उसने जाना कि छोटी गर्दन, चौकोर कन्धे, साथ में बोल-चाल का रहा तरीका सब कुछ जाहिर करता था कि वह जापानी घुमक्कड़ है। गंदा और बिना संवारा हुआ चेहरा जितना भी हो, उसने भरसक दाढ़ी साफ कर चेहरा साफ किया हुआ था। इससे संदेह नहीं कि उसने सब कुछ अपने को नया बर्मी बनाने के लिए किया हुआ था।

"बताओ तुम जापानी हो ?" हमारे साथी ने अचरज प्रकट किया।

"श......श" भिक्षु ने अपने हाथ उठाये जैसे वह शब्दों को अपने अंदर ही दबाए रखना चाहता हो, और फिर चारों तरफ देखने लगा, तो हमने इस वेश के बीच भी देख लिया ? एक अच्छा, छद्मवेश...।

"तुम कितने दिन से ऐसे घूम रहे हो ?"

"करीब एक साल से।"

"युद्ध खत्म होने से पहले क्या तुम सैनिक थे ?"

"निश्चित रूप से।"

"फिर तुम ऐसा क्यों, किसलिए कर रहे हो ?"

"किसलिए ? सुनो, अगर मैं अपने दस्ते में वापस जाऊं तो मुझे सजा होगी कि मैं लड़ाई से भाग खड़ा हुआ था। अब अपने को इस रूप में ढाल दिया। इसलिए ऐसा है–मैं एक घुमक्कड़ भिक्षु हूं।"

कैप्टेन ने भिक्षु से बातें करते देख लिया था। वह उसी ओर आने लगा तो भगोड़े ने कैप्टेन को देखते ही अपने पांव उठाने शुरू किये। लेकिन फिर उसने इरादा बदल दिया और वह बैठ गया। जब कैप्टेन सामने आ गया तब उस छद्मवेशी ने अपने नंगे सिर को उठाया और उठते ही फौजी सलाम मारा।

"ठीक, ठीक है, यह कैप्टेन नहीं है न ?" वह हंसते हुए बोला, "मैं भगोड़ा हूं जनाब। अपने दस्ते में मैं वापस नहीं जाना चाहता इसलिए बुद्ध भिक्षु बन

गया हूं। मैं सिर्फ यह देखने आया था कि हमारी फौज की हालत कैसी है, उन्हें कहीं किसी दिक्कत में तो नहीं फेंक दिया गया।"

उसकी कहानी सुनने के बाद कैप्टेन ने शांत होकर उसे समझाया कि वह अपने दस्ते में लौट जाये क्योंकि भागना अब कोई जुर्म नहीं रह गया था क्यों न आदमी मामूली सज़ा स्वीकार कर ले, क्यों न प्रायश्चित कर ले, और जापान का पुनर्निर्माण करने के लिए क्यों न तमाम लोगों के साथ वापस हो जाए। जीवन के बाकी वर्षों एकाकी, एक कपटी घुमक्कड़ की तरह यहां पीछे पड़े रहने में क्या भलाई है ?

कैप्टेन ने उसे समझाने की बहुत कोशिश की लेंकिन वह आदमी न माना। मैं किसी भी तरह की सजा पसंद नहीं करता। कैप्टेन, मैं जापान जाने के लिए कोई और तरीका खोज रहा हूं—आह, अपने हाथ से अपनी गर्दन पर एक चपत मारी जहां एक बड़ी पहाड़ी जोंक चिपक गयी थी।

बर्मा के जंगल भयानक, पीड़ादायक जोंक से भरे पड़े हैं। जब हम बर्मी जंगलों से गुजरते हैं तब जोंकें हमें बेहद तंग करती हैं। ये हमारे कपड़ों के बीच कमीज की बांहों और कसी हुई पैण्टों के बावजूद वे अंदर घुस जाती हैं। तब उन्हें निकालना तकरीबन असंभव होता। सख्त किंतु लचकदार चीज़ आपके जिस्म के साथ चिपक जाती जैसे जिस्म ही का एक हिस्सा हो। मुसीबत यह थी कि उसे कुचला नहीं जा सकता था चाहे आप जितना उसे नोच लें या पीसने की कोशिश करें। जैसे ही आप उसे छुएंगे वह आपकी अंगुलियों में स्थिर हो जाएगी।

अंत में भिक्षु ने जोंक निकाल ली और उसे अपने पास ही पेड़ पर रगड़ा "परंतु तुम अपने लिए पर्याप्त भोजन कहां से जुटाओगे।" कैप्टेन ने पूछा। "पर्याप्त खाना" वह फिर हंसा, "क्यों, बर्मा में जब तक आप भिक्षु हैं, चिंता करने की ज़रूरत नहीं। ये लोग इतने धर्मात्मा हैं कि वे खाने के लिए उतने से ज्यादा ही देते हैं जितना आप खाते हैं। अगर मैं थोड़ी कोशिश करूंगा तो मुझे इस तरह भिखारी बनकर जीना न पड़े।

इस आदमी की जगह और भी असंख्य भगोड़े हैं। जिनमें से कुछ ने तो जापान में अपने परिवार और घर खो दिए हैं। बाकियों ने बर्मी औरतों से शादी कर ली हैं या कुछ ने ऐसे गुनाह कर लिए हैं जिससे अपने देशवासियों के साथ रहना उनके लिए नामुमकिन है और अधिकांश भगोड़े तब से भिक्षु बन गए हैं। बर्मी लोग अपने भिक्षुओं का इतना ख्याल रखते हैं कि भिक्षु कभी भूखा नहीं रह सकता।

इतना होने पर भी जापानी अपने जापानियों के साथ रहने के लिए बेताब थे। आप अपने साथियों को कभी नहीं भूल सकते। विदेशियों के साथ रहते हुए भी, आप कभी खुद को अपने पुराने साथियों के पास जाने से नहीं रोक सकते, चाहे वे युद्ध बंदी थे। वे एक पतंगे की तरह थे जो लौ की तरह खिंचा चला आता। आप यह देखते रहो। आपका इतना ख्याल रखते हैं कि उनको कब स्वदेश भेजा जाएगा। आप सोचते हैं कि क्या आप उनके साथ वापस जापान जा सकते हैं या यहीं बर्मा में ही रहना पड़ेगा। यह दर्दनाक सोच थी।

वह आदमी जानना चाहता था कि उसके साथी कैसे थे परंतु वह यह नहीं जानता था कि वे कहां हैं। उसने बर्मा में ज्यादातर युद्ध बंदियों के कैंप देख लिए थे। अपने साथी उसे मुडान में भी नहीं दिखे। अगर हम जापान वापस जाएं तो वह चाहता था कि हम उनके घर वालों को बताएं कि वह जिंदा है उसने हमें अपने शहर का पता दिया और पूछा कि वह कहीं हममें तो कोई आदमी उस जगह का नहीं।

जैसे-जैसे वह बोलता जाता था वह ज्यादा शांत होता जाता था, स्पष्टतः यह जानकर कि केप्टेन दयालु आदमी हैं और उसे कोई नुकसान नहीं पहुंचाना चाहता। आखिर में वह बहुत ही नम्र भाषा में प्रार्थना करने लगा।

भगोड़े की कहानी कैप्टेन ने व्यग्रता से सुनी। बाद में भिक्षु विनम्रता में झुका और चल पड़ा एक-दो बार उसने मुड़कर देखा फिर वह जंगल में विलीन हो गया।

उस रात कैंप में हम सब दिन की उस घटना के अर्थ के बारे में बातचीत करते रहे जापानी सैनिक बर्मी भिक्षु बन गए थे और वे युद्ध बंदियों के कैंपों की ओर जाते थे। जिस तरह संभव हे कि जो भिक्षु भीड़ के बीच पीछे खड़े होकर गहरी आंखों से हमें देखता है संभव है वह मिजूशिमा हो। परंतु यह कैसे हो सकता था। मिजूशिमा अभी भी जीवित एक भगोड़े की तरह, पीला दुशाला ओढ़े हुए, नंगे पांव घूमते हुए एक हरा तोता कंधे पर बिठाए हुए...यहां तक कि चाहे वह भीड़ के बीच हमारे बाड़े के बाहर रहा हो, उसने हमें कभी परिचय की मुद्रा नहीं दिखाई। क्यों उससे उसका क्या मंतव्य हो सकता था ?

यह सब इतना विचित्र था कि हम इस पर विश्वास नहीं करते।

अगले कुछ दिनों कैप्टेन ख्यालों में डूबा रहा, उसने अपना खाना छुआ भी नहीं। जब काफी दिनों तक उसने कुछ खाया नहीं तो हममें से एक बड़ी उम्र का फौजी बिना बोले न रह सका "कैप्टेन" वह बोला, "मिजूशिमा के साथ जो कुछ हुआ वह बहुत बुरा हुआ लेकिन आपके लिए बेहतर यही है कि आप

सच्चाई मान लें। उसके जीवित होने की कोई संभावना नहीं। मिज़ूशिमा वीरतापूर्वक उस चोटी पर मरा। उसने अपना जीवन अपने कर्त्तव्य के लिए अर्पित किया और अपने देशवासियों के जीवन की रक्षा की। उसने महान् त्याग किया। हम सब चाहते थे कि काश वह जीवित रहता, इसीलिए जब कभी हम उससे मिलती आकृति देखते हैं। तो हम आशावान हो उठते हैं पर कोई फ़ायदा नहीं।

जब मिज़ूशिमा लुंगी पहनता था तो वह बर्मियों की तरह दीखता था। इसीलिए इसमें तनिक भी आश्चर्य नहीं कि हम बर्मी उसकी तरह दीखें। यह इसीलिए कि हमें मिज़ूशिमा के जीवित होने का विश्वास था हम उन्हें मिज़ूशिमा समझ लेते थे। वीणा की ध्वनियां हमें मिज़ूशिमा की याद दिलाती थीं। हम आपके आभारी हैं कि आप अपने लोगों का इतना ख्याल रखते हैं परंतु अगर आप इस मामले में अपने शरीर को कष्ट पहुंचाते हैं तो सारा दस्ता दुखी होगा। इसलिए अब आप मान ही लीजिए कि मिज़ूशिमा के जीवित रहने की कोई उम्मीद नहीं है।

पुराना साथी ईमानदार और स्पष्ट वक्ता था। जब वह बोल रहा था तो वह तनकर कैप्टेन के सामने घुटनों पर बड़े-बड़े हाथ टिकाए बैठा हुआ था।

कैप्टेन ने स्वीकृति में सिर हिलाया, "मैं मानता हूं तुम्हारी बात सही है।" कैप्टेन ने कहा। वह बहुत दुःखी लग रहा था आंसू उस पुरानी सैनिक की आंखों में भी तैर आए थे।

अंत में उस भवन के बड़े कमरे का काम खत्म हो गया जिसका निर्माण हम कर रहे थे। अब वह मृत ब्रितानी सैनिकों के शव स्थापन के लिए तैयार हो गया था।

सैनिक सुरक्षा नीति के मुताबिक जापानी सेना ने एक रेल मार्ग अपेयामशी पर्वतों के इलाके से दूर इलाकों में ब्रितानी कैदियों के श्रम का इस्तेमाल करके बनाया था, जिससे स्याम और बर्मा को जोड़ा जा सके।

उन्होंने भयानक परिस्थितियों में, समय के बहुत दबाव के साथ काम किया था परंतु सबसे बुरा वहां हैजा महामारी फैलने से हुआ। उन घने जंगलों में जहां रसद की सप्लाई और अन्य सुविधाएं भी पूरी नहीं थीं। कोई डाक्टर यहां नहीं था हज़ारों की संख्या में कैदी मरे। स्थिति की भयंकरता शब्दों में अभिव्यक्त

नहीं की जा सकती है। मृतकों को बड़ी क्रूरता से दफनाया गया, परंतु अब उनके अवशेष उनके देश को भेजे जाने थे, जिन्हें अस्थायी रूप से शवगृह में रखा जाना था। जिस दिन अवशेष रखे जाने थे वह दिन भी आ गया जिसे एक उत्सव के रूप में मनाया जाता था। हमने वह बनाया था इसलिए हमें भी वह शवयात्रा देखने की इजाजत मिल गई थी।

पहाड़ी पार कर बौद्ध मंदिर की ओर जाती हुई सड़क के निचले हिस्से में, जमीन के चौकोर भाग में लोगों की भीड़ थी। वहां पंक्तियों में छोटी-छोटी दुकानें बसी हुई थीं। धूल के भंवर उड़ रहे थे। छोटे-छोटे व्यापारी अपने-अपने माल का नाम लेकर व्यापार करते थे। सब्जियां, मांस, केक, फूल, सजावट का सामान—जिसकी भी लोगों को ज़रूरत होती, वहां बिक रहा था। आप वहां जापानी सेना की यूनीफार्म तथा अनेक वस्तुएं जो पराजय के बाद चोरी हो गई थीं बिकती हुई देख सकते थे। भोजन करने के लिए लकड़ी के तख्ते थे जहां लोग खड़े होकर खा रहे थे। स्त्रियां बेंचों पर साथ-साथ सटकर बैठी हुई थीं। ठीक जैसे टेलीफोन के तारों पर चिड़िया बैठी हुई होती हैं और खाते हुए गप्पें मार रही थीं।

एक ही वर्ग के नर-नारी हाथों में छतरी लिए वहां पहुंचे थे। धीमें चलने वाली गाड़ियां भी गुजर रही थीं। कुछ को एक भैंसा तथा कुछ को दो या तीन भैंसे खींच रहे थे। सांडों की बड़ी काली-काली आंखें थीं। लंबे मुड़े हुए सींग तथा पतली टांगें थीं। छकड़े बर्मी तरीके से ऊंचे थे। कुछ गाड़ियां ऐसी थीं जिनमें बड़े घर की औरतें खिड़कियों से झांक रही थीं। उन औरतों के बालों में फूल लगे हुए थे तथा हाथों में सोने की चूड़ियां थीं। उन्होंने नगों वाले कर्णफूल पहने हुए थे। उनका प्रसाधन असाधारण था, उनके रूपवान चेहरे पीले पाउडर से थोपे हुए लगते थे।

हम चौराहे के पास पंक्तियों में खड़े थे करीब हमें पास आते ब्रितानी शवयात्रा की झलक मिली। लोगों और छकड़ों ने शवयात्रा के जलूस को रास्ता दिया। कुछ क्षणों के लिए गाड़ियों और आदमियों के आने-जाने की चहल-पहल रुक-सी गई थी।

वह एक गरिमामय देदीप्यमान जलूस था।

सबसे पहले घुड़सवार पुलिस का एक छोटा-सा सुसज्जित दस्ता आया। घोड़े हलकी चाल से चलकर मार्ग प्रदर्शन का काम रहे थे। अक्सर पुलिस वाले हंसमुख होते थे। लेकिन आज के दिन शोक के कारण शांत थे तथा उनकी ठोढियां कसी हुई थीं। घोड़े चमकदार थे और दूल्हों से चमकीले वस्त्रों से

सज्जित थे। वस्त्रों के नीचे घोड़ों की मांसपेशियां उभर-उभर कर लहरें ले रही थीं। हलकी चाल चलते हुए जब वे इधर-उधर घूमते थे तो लगता था उन्हें समारोह के महत्त्व का ज्ञान है, यहां तक कि वे दैनिक निमंत्रण के अपने इस गुण से प्रसन्न हो रहे थे।

फिर मुख्य जलूस आया। जलूस की अगवानी फौजियों का एक पूरा दस्ता कर रहा था जो सम्मान सूचक मार्च कर रहा था। इसके बाद अपनी राइफलों को कंधों पर लटकाए सैनिक आए। उन सबके चेहरे एकदम लाल थे तथा उन्होंने अपनी छातियां ऊंची की हुई थीं। उनकी कसी हुई वर्दियां देखकर लगता था कि उनके शरीर के ही लिए बनी हुई हों। वे प्रदर्शनी में रखी हुई कीमती गुड़ियों की तरह थे। उनके चलने की समरूपता को देखकर लगता था जैसे कंघी के दांत आगे और पीछे चल रहे हों।

इसके बाद अन्य आदमियों का दल आया। हर एक की छाती पर लड़ाई की काली पट्टी के साथ चांदी का क्रास लटक रहा था। कुछ काफी उम्र के थे। महावत हाथी की पीठ पर बैठने के मंच में छोटी कुल्हाड़ी लिए बैठा था। हाथी छोटी-छोटी आंखों वाले थे चारों ओर अजीब तरह की आवाजें करते हुए सांस ले रहे थे। उनका खाकी, मुर्रियों से भरा जिस्म अलंकरणों से सुसज्जित था और हमारी आंखों के सामने से वे वाकई चलती-फिरती दीवारों की तरह थे। शवयात्रा की हर गाड़ी में ढाक या आबनूस के खूबसूरत ताबूत थे। लकड़ी का चौखट पवित्र फूल मालाओं से जड़ा हुआ तथा ब्रितानी राष्ट्रीय झण्डे से ढका हुआ था जैसे ही वे धीरे-धीरे शांतिपूर्वक वहां से गुजरे हम सलामी मुद्रा में खड़े हो गए। उन ताबूतों में पड़े हुए आदमी परदेशों में मरे थे और अब वे उस जगह पर हमेशा के लिए रखे जा रहे थे। हम जलूस को आदर भाव से ताकते रहे।

ताबूतों के पीछे भी शांत मुद्रा में चलने वाला आदरपूर्वक जलूस था। वे स्काटलैंडवासी सैनिक थे जो अपने विचित्र पहनावे में थे। झब्बेदार गुच्छों वाली कलगी लगी टोपी और किंतु चौड़ी-चौड़ी लाल-लाइनों वाली खुली कमीज पहने उन सैनिकों के घुटने पूरी तरह नंगे थे। उसके बाद तरह-तरह के फौजी तथा गैर फौजी लोग थे। उनके पीछे नौजवान औरतों का एक दल था जो नर्सें लगती थीं। वे संस्कृत तथा दृढ़ चरित्रों की और गहरी धार्मिक आस्थाओं से प्रतिबद्ध लगती थी।

जलूस के अंतिम भाग में बर्मावासी थे। उन्होंने रस्मी पहनावा पहना हुआ था। लंबी साफ हुई लुंगी तथा सिर पर लपेटा हुआ वस्त्र। उनमें सरकारी कर्मचारी

भी थे। बौद्ध भिक्षु भी। कुछ ऊंची पदवी के भिक्षु थे तथा कुछ सामान्य जैसा कि हम हमेशा सड़कों पर चलते देखते थे। बर्मा में जब कोई आदमी मरता है तो उसकी शवयात्रा में उतने ही भिक्षु होते हैं, जितने वर्ष वह आदमी जिया होता है। स्पष्ट था कि इस मौके पर उतने भिक्षु नहीं थे। उतने नहीं थे जितनी कि मृत व्यक्तियों की कुल आयु थी तब भी वे काफी संख्या में थे।

जब हम जलूस देख रहे थे, हम एक बार फिर अचरज में पड़े। क्या वह भिक्षु जो मिज़ूशिमा की तरह था वही नहीं था। वह शांत मुद्रा में अपनी आंखें अपने सामने टिकाए हुए चल रहा था। उसके पास सिर्फ एक चमकदार पीला दुशाला था और उसका सिर घुटा हुआ था। हालांकि वह अभी काफी जवान था। लेकिन फिर भी लगता था जैसा भिक्षुओं में उसका दर्जा काफी ऊंचा हो। वह उस वक्त के मुकाबले ज्यादा सम्मानप्रद लग रहा था जब वह पहले-पहल हमें पुल के पास मिला था। वह बिल्कुल मिज़ूशिमा की तरह लग रहा था परंतु उसकी मुद्राएं हमारे प्रिय निर्भीक तथा जीवंत साथी से एकदम अलग थी। मिज़ूशिमा के चेहरे पर कठोर हठ निश्चयी आदमी की तरह लाइनें थीं जबकि भिक्षु का चेहरा कोमल था, उसके चेहरे से एक निराश्रित व्यक्ति की शांति झलकती थी।

सचमुच भिक्षुओं की समानता तो अपेक्षित थी किंतु फिर भी एक चीज़ थी जो उस भिक्षु को दूसरों से एकदम अलग कर देती थी। वह सफेद कपड़े में लिपटा हुआ एक चौकोर डिब्बा लिए हुए था। डिब्बे को दोनों हाथों से काफी ऊंचे उठाए वह चल रहा था। ठीक वैसे-वैसे ही जैसे जापानी मृत व्यक्ति के मरणावेश लेकर चलते थे। दूसरे कोई भी उस तरह का डिब्बा उठाए हुए नहीं थे।

उस दिन भिक्षु के कंधे पर बैठा हुआ तोता नहीं था जैसे ही वह हमारे पास गुजरा हमेशा की तरह उसने नज़र झुका ली थी।

"आह," कैप्टेन ने मुदुता से अपना अचरज व्यक्त किया। यह भूलकर कि हम लोगों को सावधान मुद्रा में खड़ा रहना था। हम खुले उस भिक्षु को ताकने लगे।

वह मिज़ूशिमा जैसा लग रहा था। फिर वह भी वह नहीं था। वह जापानियों की तरह भी लग रहा था और बर्मियों की तरह भी। वह जलूस के साथ चल रहे बर्मी भिक्षुओं की तरह था लेकिन वही एक आदमी था जो डिब्बा साथ लिए था। जल्दी ही वह हम लोगों की नज़रों से ओझल हो गया। अब बर्मी लोग आने लगे और भैंसा गाड़ियों का एक दल उपहार की वस्तुओं को

लादे हुए आया अंत में भिखारी थे जो भीख की उम्मीद में थे। इस तरह गरिमामय-विलक्षण जलूस समाप्त हुआ।

सड़कों के किनारे की भीड़ बढ़ गयी और चौगान शोर-शराबे से भरा हुआ जीवंत बाज़ार बन गया। अब वह जलूस मंदिर के अहाते में पहाड़ी की ओर जाते हुए दीख रहा था।

अपने पड़ाव में वापस आकर वह दूसरी रात भी हमने बहस में बितायी। "मैंने तुम्हें क्या कहा था ? वह मिज़ूशिमा था," किसी ने गर्मागर्मी में अपनी बात पर जोर दिया। "वह अभी जिंदा है। बस भाग कर भिक्षु बन गया है।"

"परंतु वह इतने लोगों के बीच भी भगोड़ा क्यों बना ?" किसी ने पूछा।

"कौन जानता है ?" इस एक बात का कोई जवाब नहीं दे सका।

कुछ लोग इस बारे में पूर्ण निश्चित थे कि मिज़ूशिमा की मृत्यु हो चुकी है। वह भिक्षु मिज़ुशिमा कैसे हो सकता था ? तुम पागल हो चुके हो। वह मर चुका है वह करीब एक साल से लापता है और घायल सिपाहियों ने बताया था कि उसके जीवित होने के कोई आसार नहीं थे।

"परंतु पदावली की उस झंकार के बारे में क्या सोचते हो जो कैप्टेन ने सुनी थी।"

"ठीक है, लेकिन तुम कैसे कह सकते हो कि वह वही... ।"

उन लोगों के लिए जिन्हें यह विश्वास था कि वह भिक्षु मिज़ूशिमा था, सबसे बड़ा सबूत वह डिब्बा था जो उसके गले में लटक रहा था। केवल जापानी उस तरह उठाते हैं। वे कहते हैं जब हम जापान छोड़ रहे थे तब हमने मृत व्यक्तियों की भस्मी से भरे ऐसे असंख्य डिब्बे स्वदेश को आते देखे थे। सच तो यह है कि हम उसे वर्षों से देख रहे थे। वे शोक प्रदर्शक डिब्बे सफेद वस्त्रों से लिपटे या तो समुद्रपार से वापस आए सैनिकों के गले में लटकते या शोकातुर पिता या कभी छोटे से पुत्र के गले में लटकते थे। यही बात साबित करती थी कि वह भिक्षु जापानी था। कौन ऐसा विदेशी है जिसे किसी ने कभी ऐसी चीज़ ले जाते उसे देखा हो ?

जो इस बात से असहमत थे, कहते, यह किसका सबूत है ? मान लो वह जापानी है, तब वह ब्रितानी शव-यात्रा कर रहा था ? वह उस बक्से को क्यों लिए जम रहा था। यह तो कठिन है कि वह जापानी डिब्बे में ब्रितानी सैनिक की अस्थियां लिए जा रहा हो। क्या तुमने हाथियों के ऊपर गाड़ीनुमा सुंदर ताबूत नहीं देखे थे ? और वह कौन-सी बात है जिससे तुम्हें पूर्ण विश्वास हो गया कि वह जापानी डिब्बा है ? यह भी हो सकता है कि बर्मी लोग ऐसे चौकोर

डिब्बे इस्तेमाल करते हों और हो सकता है कि वे उसे सफेद कपड़े से लपेटते हों। और अपनी गर्दन से लटका देते हों। इसी सिलसिले में कुछ भी गड़बड़ नहीं सिर्फ एक आदमी जो मिजूशिमा से मिलता है वह एक डिब्बा उठाए लिए जा रहा है जैसा कि जवान भिक्षु ले जाते हैं–इसमें उत्तेजित होने का कोई तर्क नहीं है। तुम लोग तो ऐसा व्यवहार करते हो जैसे तुमने कोई भूत देख लिया हो।

आखिर में एक निराश व्यक्ति गुस्से में बोला, हम सब आधे पागल हो गए हैं। हम हिस्टीरियाग्रस्त बूढ़ी औरतों की तरह करने लगे हैं, छोड़ो हम इस कमजोर दिमागी, अंधविश्वासी बात के बारे में कुछ कहें ही नहीं। उसकी आवाज़ गुस्से में ज्यादा भड़की परंतु उसका गुस्सा करुणार्द्र भी था। यह मिजूशिमा का अपमान होगा कि हम उसके होने या मरने के बारे में झगड़ा करें। उसने अपना जीवन वीरतापूर्वक अपने देशवासियों के लिए अर्पित किया है। वह ऐसा कायर कभी नहीं था कि एक भगोड़े की तरह या घुमक्कड़ की तरह भटकता।

कैप्टेन ने केवल सुना, अपनी कोई राय नहीं है।

कैप्टेन ने दूसरे दिन से विचित्र तरह से व्यवहार करना शुरू किया। उसने हरे तोते को बाहर निकाला और अपने कंधे पर चढ़ा कर पढ़ाना आरंभ किया। तोता एक लंबे अर्से से उपेक्षित था। इस बार उसके पैरों की धड़कन शिथिल थी।

कैप्टेन तोते के पंखों को फैलाकर बोला, "यह बहुत बुरा है कि किसी ने भी तुम्हारी देख-रेख नहीं की लेकिन अब से मैं तुम्हारी देख-रेख करूंगा। और तुम्हें मेरे लिए जापानी बोलना सीखना होगा।"

उसके बाद तोता कांपा जैसे बहुत अधिक खुश हुआ हो। उसने अपनी तीखी चोंच से कई बार प्रहार करने की मुद्रा बनायी और अपनी सर्द, काली लचकीली जीभ कैप्टेन के हाथों पर फेरी।

उसके बाद हमेशा कैप्टेन तोते को अपने साथ खाना खिलाने लगा। मिजूशिमा वह कहता और जब तोता दुहराता तो कैप्टेन अपनी हथेली पर चावल रखकर उसे खिलाता।

"चलो, हम वापस जापान चलें, " कैप्टेन के कहने के बाद जब तोता

इसे दुहराता तो कैप्टेन थोड़ा-सा मांस देता। और फिर वही शब्द दुहराने पर कैप्टेन अपनी नाग्पी में से कुछ हिस्सा देता। फिर कैप्टेन ने तोते को एक ही वाक्य में यह बोलने का अभ्यास कराया।

कैप्टेन ने यह अभ्यास दस दिन तक जारी रखा। आखिर में जब कैप्टेन अपने भोजन के डिब्बे को खोलता, तोता तीखी चुभने वाली आवाज़ में वाक्य के वही शब्द दुहरा देता।

कोई कल्पना नहीं कर सकता कि कैप्टेन यह सब क्यों कर रहा था। "जब कभी वह ऐसा करता हम एक-दूसरे की तरफ जिज्ञासु भाव से देखते। इस बात पर अचरज से गौर करते हुए कि मिज़ुशिमा के मामले से उत्पन्न ग्लानि से वह संज्ञा शून्य तो नहीं होता जा रहा था। इस बात से हम क्रोध मिश्रित असहाय दुःख की स्थिति महसूस करते। खासकर तोता आधी रात को अपनी मर्मभेदी आवाज़ में कहता, "हे मिज़ूशिमा, हे मिज़ूशिमा, चलो जापान साथ-साथ चलें।"

आखिर पुराने साथी को स्पष्ट शब्दों में बोलना पड़ा, "कैप्टेन तोते को यह सब सिखाने से क्या फायदा ? कोई बात नहीं, आपको मिज़ूशिमा की मृत्यु से चाहे जितना बुरा लग।ता हो, कग से-कम आपको इस तरह हताश नहीं होना चाहिए। आपने उसे एक दायित्व सौंपा था परंतु इसका मतलब यह नहीं कि आपने उरो गरने के लिए भेजा था। अपनी इतनी सफलता के बाद मिज़ूशिमा ज़रूर संतुष्ट होगा। वह फिजूल नहीं मरा। लेकिन अगर आप इसी तरह क्लेश करते रहे और तोता ऐसा ही दिन-रात बोलता रहे तो हमारा नैतिक जोश नष्ट हो जाएगा और नैतिक जोश के ठंडे होने का मतलब है–बंदियों का कष्टदायक जीवन–जब आदमी वापस घर जाने के लिए इतना उत्सुक है ऐसी स्थिति में स्पष्ट ही उसे दुख होगा। इसलिए आप मेहरबानी करके अपना मनोबल बनाए रखें।"

कुछ क्षणों के लिए एक पीड़ादायक स्तब्धता घिर आयी फिर वह गहरे संकोच में कहने लगा।

"यह मूर्खता लग सकती है लेकिन मैं उम्मीद नहीं छोड़ सकता जैसे भी हो मैं उस भिक्षु के बारे में सच्चाई का पता करना चाहता हूं। अगर वह मिज़ूशिमा नहीं है तो ठीक है। परंतु मैं चैन ले नहीं सकता। मुश्किल ये है कि मेरे पास उससे संपर्क बनाने का कोई रास्ता नहीं। इसलिए मैं इस तोते को इस्तेमाल करना चाहता हूं चाहे यह अविश्वसनीय तरीका है। किसी दूसरे तरीके से मैं कैसे संदेश भेज सकता हूं मैंने तोते को काफी सिखा दिया है। मैं उससे भिक्षु के कानों में ये शब्द डलवाना चाहता हूं। ये दोनों पक्षी भाई हैं, इसलिए हमारा वाला तोता

दूसरे की ओर से उड़ेगा। आप लोगों को हुई इस परेशानी के लिए मैं माफी चाहता हूं। परंतु मैं उम्मीद करता हूं कि आप कुछ दिन जब तक हमें सही बात पता नहीं चलती इस चीज़ को बर्दाश्त करेंगे।"

तब से कैप्टेन के लिए–हम लोगों ने तोते को बारी-बारी से खाना खिलाने का काम पकड़ लिया और उसे ज्यादा चीज़ें बोलना सिखाने लगे।

इतने पर भी पुराना साथी कैप्टेन के बारे में चिंता करता रहा और गुस्से में तोते को देखता वह अपना सिर हिलाता और अफसोस की लंबी सांस भरता रहा।

इससे भी पहले, कैप्टेन मिज़ूशिमा के समाचार जानने की कोशिश करता रहा और वह हमेशा असफल होता रहा। बहुत पहले उसने सारा मामला कैंप के ब्रितानी अफसर को समझाया था और कहा था कि संभव हो तो वह कुछ मिज़ूशिमा के बारे में खोज करे। वह अफसर बहुत दयालु था, और उसने अनेक बार पूछताछ की, लेकिन कोई सफलता नहीं मिली। वे ब्रितानी फौजें जो उस तिकोनी चोटी पर लड़ी थीं। अब अपने देश चली गयी थीं। और दूसरी तरफ घायल जापानी सैनिक मुडान से बाहर दूसरी जगहों को भेज दिए गए थे। और वे कहां थे अगर हम जानते तो भी युद्धबंदी के लिए यह नामुमकिन था कि वह जाकर छानबीन कर सके। ब्रितानी फौज हमें सिर्फ यह बता सकती थी कि हालात के मुताबिक वह आदमी मर चुका।

तब कैप्टेन ने एक और खत लिखा, इस उम्मीद में कि उसे भिक्षु तक पहुंचाया जा सके। उस खत के एक हिस्से में लिखा था कि तुम मिज़ूशिमा बनके हमारे पास वापस आ जाओ। तुम नहीं जानते कि हम उन्हें कितना याद करते हैं। चाहे कैसी भी कठिन समस्या क्यों न हो वह सुलझा ली जाएगी। मैं उसका जिम्मा लेता हूं। कम-से-कम हमें यह तो बता दो कि तुम छद्मवेश में इधर-उधर क्यों भटक रहे हो।

शव-यात्रा समारोह के कुछ दिनों बाद, तोते को शिक्षित करने के उपरांत वह बूढ़ी व्यापारी औरत हमारे पास आयी। कैप्टेन ने अपना खत उसे दिया और कहा कि वह तोते समेत भिक्षु को दे दे। परंतु उसने तुरंत खत को नीचे फेंक दिया जैसे उससे उसकी अंगुलियां जल गई हों।

"ओह, नहीं, कभी नहीं," वह चीखी। "मुझे भगवान बुद्ध भी खुद कहें–यह दूसरा खत नहीं ले जाऊंगी।" पहले बुरी तरह दंडित होने के बाद, अब बूढ़ी औरत कुछ भी नहीं सुनना चाहती थी।

क्योंकि कैप्टेन उसे मजबूर नहीं कर सकता था, कैप्टेन ने उससे कहा कि

कम-से-कम यह तो पता कर ले कि वह भिक्षु कौन है। परंतु उसने उतना पता करने से भी इनकार कर दिया। कैप्टेन जितनी खुशामद कर सकता था उसने की फिर उसे अपनी घड़ी यह कहते हुए दी कि वह उसके लड़के के लिए है। अंत में वह हिचकते हुए यह कह कर राजी हुई कि वह देखेगी कि वहां क्या किया जा सकता है।

"पता करना कि वह इस शहर में पहले पहल कब आया !" केप्टेन ने कहा, "पूछना कि क्या वह वीणा बजाता है, और शव-यात्रा समारोह वाले दिन गले से लटकता वह डिब्बा किस किस्म का है।"

बूढ़ी औरत यह सब अपने हाथों से कूल्हे थामे सुनती रही। उसकी बंद मुट्ठीयां मोटे-मोटे कूल्हों पर टिकी हुई थीं। और जल्दी ही वह सारी बात से ऊब गयी। उसने उपेक्षा जाहिर करते हुए कहा–यह सब हास्यास्पद है, तुम इस तरह के सवाल क्यों पूछना चाहते हो। बर्मा भिक्षुओं से भरा पड़ा है। वे इधर-उधर यात्रा करते हैं। और उनमें से कई लोग वीणा भी बजाते हैं। और यह तो किसी के मतलब की बात नहीं कि वे गले से कुछ चीज़ किस लिए लटकाते हैं ? इस तरह की चीज़ों के बारे में क्यों पागल हो रहे हो, तुम चीन जापानियों को ज्यादा धार्मिक होना ही चाहिए।

"हां, हम जानते हैं दादी मां, उसने कहा मेहरबानी करके हमारे लिए यह पता कर ही लाओ।"

"अगर वह भिक्षु अच्छा आदमी हुआ तो हम उससे दीक्षा ग्रहण करेंगे और ज्यादा धार्मिक बनेंगे।"

काफी अनुरोध करने के उपरांत वह कोशिश करने के लिए तैयार हो गयी। बूढ़ी औरत के लौटने की इंतजार में कैप्टेन इतना बेसब्र हो उठा कि उसने ब्रितानी अधिकारी को फिर छानबीन करने की प्रार्थना की। परंतु इस बार उस अंग्रेज ने इस नम्र मांग पर गौर करने से इनकार कर दिया–क्योंकि हमारे कैप्टेन की कहानी एकदम बकवास लगती थी।

पहले तो उस भारी बड़े कंधों वाले अंग्रेज ने अपनी कुर्सी में धंसकर बड़ी ही सहानुभूति से वह सब सुना, परंतु शीघ्र ही एक संदेहपूर्ण भाव उसकी नीली आंखों में तैरा और उसकी सुंदर मूछें हिलने लगीं। फिर वह जोरों की हंसी में फूट पड़ा।

वीणा के कुछ स्वर जो हवा में तैरे और तुम्हें विश्वास हो गया है कि मूल व्यक्ति जिंदा है। यह सब दिलचस्प है, सचमुच काफी कवितामय तुम अवश्य देख रहे हो।

तब कैप्टेन के पास कहने के लिए कुछ भी नहीं था।

जब वह बूढ़ी अम्मां लौटी, तोता पूरी तरह से सिखाया जा चुका था। हमेशा की तरह उसने कुछ शब्दों की गड़बड़ आवाज़ की, किंतु सही बिंदु तक नहीं पहुंचा। कैप्टेन उसे कुछ सूचनाओं के लिए कोंचता रहा। आखिर में बूढ़ी अम्मां ने हमें निम्नलिखित सूचना दी।

सुनो, भिक्षु बहुत विलक्षण आदमी है। वह साधारण भिक्षु नहीं है। वह बहुत पवित्र है जिस भी मंदिर में वह जाता है वहां लोग उसका आदर करते हैं तथा उसे अनेक चीज़ें अर्पित करते हैं। बचपन से ही उसने कठिन परिश्रम पूर्वक अध्ययन किया होगा। वह एक विशेष ताबीज पहनता है, जानते हो उसका मतलब है कि वह असाधारण भिक्षु है। उसका दर्जा गुरु का है, वह कहीं भी जाए इससे कोई फर्क नहीं पड़ता। वह ताबीज छोटी-सी टिन की खोल का है जिस पर पवित्र सूत्रों के पद खुदे हैं और वहां पर वह तांत से मजबूती से बंधा हुआ है। केवल कोई बहुत विज्ञ या गुणशील भिक्षु या जिस किसी ने कोई महान कार्य किया हो वह ताबीज वही पहन सकता है। जब दूसरे भिक्षु उसे देखते हैं तो वे झुककर अभ्यर्थनापूर्वक उसे रास्ता देते हैं।

और उस डिब्बे के बारे में जो उसकी गर्दन से लटकता रहता है। तुम लोग बहुत चिंतित थे। सुनो मैंने दूसरे भिक्षु से पूछा था कि उसके अंदर क्या है, और वह भिक्षुक इतना उत्सुक हो उठा कि उसने चतुरता से वह उठाया और पाया कि वह बहुत हलका डिब्बा था। वे बताते हैं कि उसके अंदर कोई बड़ा नग है। दूसरे भिक्षु उस नग के बारे में बातें कर रहे थे। उन्होंने बताया कि बर्मा ऐसे कीमती पत्थरों के लिए बहुत प्रसिद्ध है, परंतु उस तरह का अनुपम नग शायद ही किसी ने देखा हो। आकार में इतना बड़ा तथा चमकदार लाल। उन लोगों का विचार था कि उस भिक्षु ने वह शायद ब्रितानी सैनिकों की स्मृति में देना चाहा हो।

जो भी हो वह युवा भिक्षु है और वह इस किस्म का है कि वह आपको इतना विभोर कर देता है। परंतु लोगों का कहना है कि वह ज्यादातर वक्त ग्रामीण इलाकों में पर्वतों की तरफ या निचली घाटियों में प्रवचन में बिताता है।

इसके बाद बूढ़ी औरत अपने आप में कुछ फुसफुसाई ऐसा लगा जैसे सूत्रों में से कुछ हो।

उसने हमारी आखिरी उम्मीद भी ध्वस्त कर दी थी। उस किस्म का महान भिक्षु संभवत: हमारा भगोड़ा नहीं हो सकता था। फिर अगर वह डिब्बा नग का डिब्बा था तो उसका जापानी रीति-रिवाज से कोई ताल्लूक नहीं था और

उस विशेष डिब्बे के जापानी ढंग से उठाने के बावजूद यह बात सिद्ध नहीं होती थी कि वह भिक्षु जापानी था। हम सब तो इस धूमिल उम्मीद में लटक रहे थे कि मिज़ूशिमा जिंदा है। लेकिन इस बात से हमने सोचा था कि हम उस बूढ़ी औरत से कहेंगे कि वह तोता भिक्षु के कंधे पर रख दें, जो पूर्ण शिक्षित था, किंतु हमने वह इरादा भी छोड़ दिया।

उस रात जब अपने खाने के डिब्बे खोल रहे थे तो तोते ने डिब्बे खुलने की आवाज़ सुनी तो वह कड़ियों के बीच से चीखने लगा, हे मिज़ूशिमा, चलो हम साथ-साथ चलें।

हममें से एक आदमी ने कड़ियों की ओर ऊपर देखा और बोला, चुप, हमें खुद पता नहीं कि हम सब कब जापान लौट रहे हैं। अब सिर्फ मिज़ूशिमा को ही जाने दो।

कैप्टेन बहुत हताश दिखाई दिया। इसमें कोई शक नहीं। लंबे अर्से के कठिन श्रम का पता उसके चेहरे से लगता था। उसे रात को टूटी नींद आती, हमेशा तनाव में रहता और एक तरह से निराशा के कगार पर दिखाई देता प्रतीत होता था। जैसे उसे कोई गहरी पीड़ा साल रही हो। पुराने साथी ने कैप्टेन के लिए कई कोशिश की, पर सफल नहीं हुआ।

हमारे पुराने साथी ने उस तोते को सुदूर जंगल में छोड़ भी दिगा था लेकिन तोता जल्दी ही अपने कीचड़ सने पंखों से हमारे पास लौट आया और छत की कड़ियों के बीच हमेशा की पुरानी जगह उसने हमेशा की तरह पकड़ ली।

मृत ब्रितानी सैनिकों की स्मृति में शांति समागमों का वह दौर कई दिनों तक चला। उस दौरान हम लोगों को आराम करने की अनुमति दे दी थी। लेकिन जैसे ही वह दौर खत्म हुआ, हम एक बार फिर उस शव गृह में सब चीज़ों को करीने से रखने के लिए गए।

शव गृह का कमरा बहुत बड़ा था। उन चौकोर लकड़ी के खानों से वह भरा हुआ था, जो हमने बनाए थे। शव-भस्म साथ-साथ अंतहीन पंक्तियों में, उन चौकोर चीखों में रखी गई थी। हमने सुना कि वह हिस्सा तो छोटा-सा अंश था परंतु इतने पर भी भस्मी की संख्याएं आश्चर्यचकित करने वाली थीं। वह दृश्य मुझे जापानी किसान के खेत घर में दीवार पर पंक्तिबद्ध लगे रेशम के

कीड़ों के कोटरों की याद दिला रहे थे।

हम सम्मान में थोड़ा-थोड़ा झुके उन लोगों की जीवन अस्थियां यहां पड़ी थीं जिनके परिवार थे, नौकरियां और अनेक उम्मीद थी वे सब बर्मा की अनजान पहाड़ियों में थक कर या महामारी प्लेग से मरे थे। परंतु भाग्य से उनके अवशेषों की समग्र सम्मानपूर्वक गरिमा से हिफाजत की जा रही है। हालांकि अब उन सैनिकों की सिर्फ अस्थियां रह गयी थीं लेकिन अब जल्दी ही वे अपने देश जाने वाले थे। अपनी मातृभूमि की मिट्टी में उन्हें शांतिपूर्वक चिरनिद्रा में लीन होना था यही एक सांत्वना शेष थी। अगर उनकी मृत अस्थियां घर और मित्रों से बहुत दूर बर्मा के जंगलों में ही छूट जाती तो उनकी आत्माएं एक अनाथ अवस्था में भटकती रहती। तब हम जीवित बचे लोगों को वे कभी माफ नहीं कर सकते थे। हम खुश थे कि उनकी शव-यात्रा में हमने कुछ प्रतिदान दिया था।

हमने अपनी जानें बचायी थीं। हम भले ही कैदी थे लेकिन उन लोगों जैसे भयानक आतंक का अनुभव हमने कभी नहीं किया था। एक अर्से के बाद हम घर जा सकते थे और फिर काम कर सकते थे। जब हम सिर झुकाए वहां खड़े थे, मृत सैनिकों की पीड़ाओं ने हमें बहुत व्याकुल कर दिया था।

हमने अपनी मूक प्रार्थना समाप्त की और उस भवन के इर्द-गिर्द घूम रहे थे कि अचानक हमारे पुराने साथी ने आश्चर्य से चीखते हुए कहा, "देखो, वह इधर है।"

खंभे के साथ अंधेरे कोने की तरफ निचले खाने में एक चौकोर डिब्बा हम लोगों ने देखा। वह सफेद कपड़ों में लिपटा हुआ था।

अगर जापानी शवगृह होता तो कोई भी सोच सकता था कि उसमें किसी मृत सैनिक की अस्थियां हैं। परंतु हमें कहा गया था कि उसमें लाल मणि थी। जब कैप्टेन ने डिब्बा देखा तो वह अचरज से चीखा। लंबी सांस खींच अपने हाथ खोले वह ठिठक कर वहां खड़ा रहा। हम चौंके। हमें लगा कुछ गड़बड़ है किंतु जल्दी वह सीधा तनकर खड़ा हुआ और उसने सावधानी से सलाम किया।

कैप्टेन का वह व्यवहार हमारी समझ से बाहर था। उसी वक्त पुराने साथी ने हम लोगों को गुस्से में भरकर उस बिल्डिंग से बाहर किया। लगता था जैसे वह हमें उस तरह से अपमान जनक दृश्य से बचाना चाहते हों।

लौटते हुए हमने पीछे मुड़कर उस सादे, अशोभित, नम्र और शिष्ट डिब्बे को किनारे पर पड़ा देखा।

तब हम पास ही के जंगल में एक खुली जगह बैठ गए। कैप्टेन अब विचित्र व्यवहार कर रहा था। उसका चेहरा चमक रहा था और वह फिर एक बार खुश लग रहा था। वह हंसता हुआ खुद से बातें करता जा रहा था। उसे कहते हुए सुन सकते थे–"हां-हां क्यों नहीं," फिर हंसता, हाथों से तालियां बजाता और ऊपर आसमान में बादलों को ताकने लगता।

"उसे देखो तो," हमारे एक साथी को दूसरे साथी को भौंह से इशारे करते हुए कहा, "संभव है कैप्टेन स्नायु विकार से पीड़ित हो।"

"संभव है," दूसरे ने समर्थन किया, वह सचमुच खुशी में झूम रहा है।

गर्मी थी। हवा भारी और मंद थी। गर्म देशों में हर चीज़ गहरी चमकीली होती है। और साल भर बिना किसी बदलाव के एक रस सी रहती है। आप महसूस कर सकते हैं। जैसे समय इसी तरह बहता रहेगा। हमेशा की तरह सूरज चमक रहा था। और कैनालिली के लाल रंग की विलक्षण चमक उस छायाविहीन खुली जगह पर हमारी आंखों को चुभ रही थी।

हमारे सामने बुद्ध की झुकी हुई मुद्रा की एक विशाल प्रतिमा थी। और पीछे दीवार जैसी चोटी थी। एक घना जंगल हमारे चारों तरफ था और पेड़ बुद्ध प्रतिमा के ऊपर झूल रहे थे। पेड़ों पर चिड़ियां चहचहा रही थीं और बंदर एक से दूसरी शाखाओं पर उछल रहे थे। यह एक खास बर्मी दृश्य था।

इस देश की बुद्ध प्रतिमाएं जापानी प्रतिमाओं से बहुत भिन्न थीं। झुकी हुई मुद्राओं वाली प्रतिमाएं यहां अनेक थीं। उनमें तो कुछ तो पचास-साठ फीट तक ऊंची थी और कहीं-कहीं शरीर का ऊपरी भाग आधा खड़ा नज़र आता था। उन प्रतिमाओं के सिर छोटे तथा शरीरों की रेखाएं हलकी और प्रवाहमय थीं। और वे न तो पुरुषाकृति लगती थीं न स्त्री आकृति, क्योंकि प्रतिमाओं के चेहरे इतने विविध रंगों से रंगे रहते थे, कई शरीर हलके क्रीम रंग के थे और कभी सफेद रंग के रंगे होते थे। उनको देख लगता था जैसे कोई विशाल आकृति पूर्ण सज्जायुक्त हो आपके सामने जीवित पड़ी हो। इन विशाल प्रतिमाओं से किसी एक मूर्ति का किसी लंबे समय तक सामना करना भी आदमी को निर्बल बना सकता है, खासतौर से वे जो इसमें अभ्यस्त न हो।

फिर एक चट्टान की चोटी की छाया में, एक ताजा हरे वातावरण में विशाल मंद-मंद मुस्कराता बुद्ध का चेहरा अपनी चमकीली आंखों से हमें ताके जा रहा था।

हमारे आश्चर्य की सीमा न रही जब कैप्टेन धीरे-धीरे बीच में कूदा और बोला, "गानों के बारे में तुम्हारा क्या ख्याल है," एक लंबे अर्से के बाद कैप्टेन

ने ऐसी फरमाइश की थी। हमने गाना शुरू किया।

एक बार जब हम गाने में तल्लीन हो जाते तो अपने को भूल जाते थे। हमारी आवाज़ें पहाड़ की चट्टानी चोटी से अब गूंज के रूप में वापस आती तो कभी प्रतिध्वनि मिल जाती थी। बुद्ध प्रतिमा हमारा गाना आधे खड़े होने की मुद्रा में जैसे ध्यानपूर्वक सुन रही थी।

अभी हमें गाते हुए कुछ देर ही हुई होगी कि हमें एक खूबसूरत आवाज़ गूंजती हुई सुनाई दी। हम कह नहीं सकते हैं कि वह आवाज़ कहां से आ रही थी। लगता था जैसे वह आवाज़ हमारे ऊपर ऊंचे पेड़ों की चोटियों से गिर रही हो, या शायद धरती की किसी गुफा से वह आ रही हो। वह वीणा की आवाज़ थी ठीक वैसी ही वीणा की आवाज़ जो हमारे खोए हुए साथी के पास थी।

जैसे-जैसे हम गाते जाते थे, हम उलझन में चारों तरफ देखते जाते थे। परंतु कैप्टेन जैसे ज्यादा से ज्यादातर खुश नज़र आ रहा था। हमें तीव्रता से सहगान के चरम की ओर ले जाता रहा। वह एक प्रतियोगिता-सी बन गई थी हमारे और उस सारंगी वादक के बीच।

ज्यादा दूर नहीं पास ही एक बुद्ध विहार था उसकी छोटी-छोटी छतें एक के ऊपर एक करके ऐसी तह की हुई थी जैसे ऊपर की तरफ खड़े मछली के अंग हों। छत के हर आवृत कोनों में घण्टे लटक रहे थे। पहले हमने सोचा कि आवाज़ घण्टियों के हिलने से आ रही है। लेकिन आस-पास तो कहीं भी हवा का हलका प्रवाह भी नहीं था। जितना ज्यादा ध्यान से सुना तो उतनी ही वह आवाज़ वीणा की आवाज़ मालूम पड़ती थी ठीक जैसे तकरीबन एक साल पहले हमने तब सुनी थी जब हम जंगलों और पर्वतों में भाग कर छिपे हुए थे।

हमारा सहगान समाप्त होते ही वीणा की आवाज़ एक क्षण के लिए ऊपर उठी और फिर बंद हो गई। उसकी धीमी धुनें धीरे-धीरे विलीन हो गईं। आहिस्ता-आहिस्ता डूबती हुई जैसे वे हमारे सामने थी। सारंगी की प्रतिध्वनि हमारे पांवों के नीचे की जमीन ने सोख ली हो।

विशाल सफेद बुद्ध प्रतिमा जो हमारे सामने थी, सारंगी की प्रतिध्वनि को अपने हंसते हुए ओठों से जैसे हवा में चारों तरफ ठहराए हुए हो, और अंत में वे आवाज़ें जैसे उसके विशाल शरीर में विलीन हो गई हों।

हम सब वीणा वादक को देखने के लिए बेताबी से इधर-उधर बिखर गए। पुराने साथी बुद्ध प्रतिमा के चारों तरफ पेड़ों के बीच गया। ठीक तभी पंख फड़फड़ाने की जोरदार आवाज़ करता हुआ एक मोर झुरमुट से बाहर उड़ा। कुछ क्षणों तक वह मंद गति से जमीन की सतह के थोड़े ऊपर अपने खूबसूरत पंखों

को छोड़ उड़ता रहा लेकिन अंत में वह बुद्ध प्रतिमा के पीछे उड़ गया। पुराने साथी की आंखों ने मयूर का अनुसरण किया, और वह बोला, "वहां एक दरवाज़ा है। "

"देखा।"

हम सब उस तरफ गए और हमने विशाल बुद्ध प्रतिमा के पीछे एक दरवाज़ा देखा। देखने पर उस दरवाज़े की काठी खोखली लगती थी, और उससे अंदर जाया जा सकता था। कुछ दूर तक नक्काशीदार सीढ़ियों का रास्ता उस दरवाज़े तक पहुंचने के लिए बना हुआ था। मेहराबों का एक रास्ता उस दरवाज़े तक पहुंचने के लिए बना हुआ था। मेहराबों का रास्ता बड़ी-बड़ी ईंटों से बनाया गया था जिन पर नक्काशी की हुई थी परंतु सुनहरे रंग का पलस्तर थोड़ी-सी जगहों पर दिखाई देता था, छतों से जमीन तक वहां पेड़ों की जड़ों का एक बिखरा हुआ जाल था।

दरवाज़ा कड़ा था और खुल नहीं रहा था जैसे वह ऐसी हालत में सालों से हो। कम-से-कम वहां कोई ऐसा चिह्न नहीं था जिससे अंदाजा लगाया जा सके कि कोई इस रास्ते से बुद्ध प्रतिमा के अंदर हाल ही में गया हो और इस पर भी कि वीणा की आवाज़ वहीं से आई थी। हम उस लोहे के दरवाज़े को तब तक धकियाते रहे जब तक हमारी मुट्ठीयां दर्द नहीं करने लगीं।

इसी मौके पर हिंदुस्तानी सिपाही, जो हमारी देखरेख करता आया था और हम पर गुस्से से चिल्लाया कि हम काम पर वापस जाएं। हम काम के बारे में भूल चुके थे। हममें से कई लोग देर शाम तक अपने शिविर में वापस नहीं लौटे।

उस रात हम निराशा में हमेशा की तरह अपने विवाद से अलग चुपचाप बैठे हुए थे।

"मुझे लगता है कि यह मिज़ूशिमा के प्रेत न हों !" कोई बोला।

"मूर्ख मत बनो।"

हम फिर चुप हो गए।

कैप्टेन अकेला कोने में बैठा धीरे-धीरे गिटार बजा रहा था। बीच-बीच में वह अपनी आंख बंद करके, खुश होकर अपना सिर हिलाता और बुदबुदाता। "हां, यही झंकार थी। ऐसी ही, ऐसे ही वह बजाया करता था।"

पुराने साथी ने कड़ियों के बीच छत पर तोते को पकड़ा और ले आया, जैसे ही तोता उसकी तरफ देखता वह उसके पंख सहलाता। एक नौजवान सैनिक तोते के पास गया और अपने खाने में से बचे मांस के टुकड़े उसे खिलाने लगा।

"हे मिज़ूशिमा।" उसने तोते से कहा–

तोते ने अपने पंख हिलाए, कुछ देर कांपा और फिर अपनी तीखी आवाज़ में बोला, हे मिज़ूशिमा...

पुराने साथी ने अपनी हथेली में रोटी के टुकड़े रखे और बोला चलो वापस।

तोते ने खुशामदी ढंग से जवाब दिया, "चलो वापस चलें," और हम सबने साथ दिया, साथ-साथ जापान।

किसी तरह तोते ने मुंह से आवाज़ निकाली, "साथ-साथ जापान" तोता भूला नहीं था। हर एक ने उसें सिखाने की अपनी-अपनी बारी ली। अंत में जब उसके पास खाने को बहुत हो गया तो तोते ने एक भी लफ्ज नहीं कहा। लेकिन उस वक्त तक तोता पूरी तरह फिर से सीख गया था।

पुराना साथी तनकर बैठा, उसने अपने कंधे पर तोते को बिठाया और अपनी लंबी भुजाएं जोड़ लीं, "अब बताओ, हम कैसे इस तोते को भिक्षु तक पहुंचा सकते हैं।" वह विचारपूर्ण ढंग से बुदबुदाया।

तभी हमारा एक आदमी, हमारी झोंपड़ी में धमाके के साथ घुसा और जोरदार आवाज़ में बोला, "हम घर वापस जा रहे हैं। सारे युद्ध बंदी जितने भी मुडान में हैं, घर जा रहे हैं। हम पांच दिनों के भीतर यहां से चले जाएंगे।"

हम सब अपने पांवों पर खड़े होंगे। कुछ लोग खुशी में चीखे, तोता पुराने साथी के कंधे से उड़कर कड़ियों के बीच जा पहुंचा, "तुम्हें पक्का निश्चय है।"

बिल्कुल मुझे पूरा निश्चय है। चलो अपना सामान बांधना शुरू करो। "यहां कोई चीज़ बांधने की नहीं है।"

बूढ़ी औरत दूसरी सुबह आयी। "मुबारक हो, मुबारक हो," वह हंसते हुए अपने आंसुओं को सुखाते हुए बोली, "मैं भी सचमुच खुशी महसूस करती हूं अब तुम लोग घर जा सकते हो और अच्छी जिंदगी जी सकते हो। अब तक तुमने बहुत मुश्किल समय गुजारा है।"

"धन्यवाद ! दादी मां ! हम तुम्हारी मेहरबानी कभी नहीं भूलेंगे। जब मैं घर जाऊंगा तब मैं तुम्हारे बारे में अपनी मां को बताऊंगा।"

हम सबने जो, जिसके पास बचा था, निशानी के तौर पर उसे एक-एक

चीज़ दी। अंत में हमने उसे वह तोता सौंपा और उससे प्रार्थना की कि वह उस भिक्षु को देखे और उसके कंधे पर यह तोता रख दे, उससे कहना कि हम चार दिनों में जापान जा रहे हैं। यह आखिरी काम है जो हम तुमसे आखीर में करवा रहे हैं।"

पहले कुछ क्षण तो बूढ़ी औरत संकोच में पड़ी रही परंतु फिर उसने हम पर अंतिम अहसान करना स्वीकार कर लिया, "ठीक है, चिंता मत करो। मैं कोशिश करूंगी कि वह इसे ले ले। अच्छा छोटी चिड़िया तुम भिक्षु के कंधे पर बैठने जा रही हो। और अपने भाई के साथ भगवान बुद्ध की सेवा करने जा रही हो।"

उसने हमें बार-बार सलाम कहा। हम उसे जाते देखना चाहते थे। लेकिन हम चाहते थे कि वह अभी से उस भिक्षु की तलाश जारी कर दे। अंत में बूढ़ी औरत बोली, "अच्छा तुम्हारे जाने के पहले मैं एक बार फिर जाऊंगी।" अपनी टोकरी उठाते हुए वह चलने लगी।

उसे जाते देखते हुए संदेह में हमने अपने सिर हिलाए।

"वह अच्छी औरत नहीं है, पर तुम उस पर विश्वास नहीं कर सकते।" कोई अप्रसन्नता से बोला।

दूसरे दिन से अपने कैंप के आंगन में खुद को ज्यादा वक्त गाते और दीवार के पार हरे तोते वाले भिक्षु को तलाशते हुए बिताए। हमने अपनी आवाजों के चरम स्वर गाए। शामों को देर तक इस उम्मीद में गाए कि वह हमारे गाने से खिंचा चला आएगा। अगर वह सचमुच मिज़ूशिमा है तो वह ज़रूर आएगा। हमने सोचा।

पहले दिन गाना सुनने वालों की भीड़ में दूर तक भी उस जैसा कोई नहीं था। दूसरे दिन किसी ने कहा, वह वहां है, परंतु वह कोई दूसरा ही नौजवान भिक्षु था।

रात हम उसी के बारे में बातचीत करते रहे। हमें दूसरे दिन शहर छोड़ना था। हम खुद से पूछ रहे थे कि हमारे पास कोई भी रास्ता नहीं है। जिससे कुछ पता चल सके अगर मिज़ूशिमा कल नहीं आता तो वह यहीं रह जाएगा। फिर कभी नहीं जा पाएगा।

यह भी संभव है कि भिक्षु मिज़ूशिमा ही न हो। ऐसा मेरा अंदाजा है। तुम्हें याद है युद्ध विराम वाली रात को कैप्टेन ने हम सबसे क्या कहा था, सब लोगों को एक ही किस्म की किस्मत स्वीकार करना। हम साथ-साथ मरें या जिएं उसने कहा था, और अगर हम जापान वापस जाएं तो हम उसे वापस पाएं

और अपने देश के पुनर्निर्माण के लिए काम करें। यही सब कुछ कैप्टेन ने कहा था, यही कहा था न ? मिज़ूशिमा हम लोगों में सबसे ज्यादा दृढ़ निश्चयी था–अगर वह वापस नहीं आया तो समझो वह मर गया।

हां, पर वह उसी की वीणा होगी–जिसकी आवाज़ हमने बुद्ध प्रतिमा से बाहर आती सुनी थी।

लेकिन अगर वह वही लड़का था जो मंदिर के निकट सारंगी बजाता था तो फिर वह क्यों इतने नजदीक होने पर भी हम लोगों में शामिल नहीं हो गया।

ओह छोड़ो इसे भूल जाना ही बेहतर है।

"तुम क्या समझते हो, उसके साथ क्या घटा होगा।"

इस बीच कैप्टेन चुपचाप हमें स्वदेश भेजे जाने संबंधी कागजों की देखभाल करता रहा। उसने मिज़ूशिमा को चर्चा ही नहीं की–लगता था जैसे वह इस विषय की उपेक्षा करता हो। शायद उसने आखिरी तौर पर उसे मृत मान लिया हो या उसे भूलने में सफल हो गया हो। उसका दृष्टिकोण किसी तरह बदल गया था, यही बात हमें परेशान करती थी।

तीसरे दिन तक हमारे गले बैठ गए थे। संगीत कुछ और महसूस होने के बावजूद खूबसूरत था, हम अपने दुखते गलों को मजबूर कर रहे थे। सुनने वाले चकित थे। और हम लोग झाड़ीनुमा दीवार के बाहर अक्सर झांकते थे। जिससे लोग अचरज में थे कि क्या हो रहा था, और वे हमें मुड़कर देखते थे। वे यह सोचते थे कि हम उनकी तरफ ताक रहे हैं। आसपास देखते और उलझन में पड़ जाते, बच्चों ने हम लोगों के साथ गाना छोड़ दिया था, युवा किशोरियों ने गाने के साथ नाचना बंद कर दिया था और संकोचवश चुपचाप भीड़ के पीछे खिसक जाती थी।

इस तरह वह सुबह बीती।

बर्मी भिक्षु अपने कमण्डलनुमा भिक्षा-पात्र के सहारे जीते हैं। सुबह वे अपने मठों को छोड़ देते हैं और अकेले-अकेले कस्बों की ओर चले जाते हैं। हर घर की महिलाएं सुबह से पहले ही खाना बनाना शुरू कर देती हैं। और उनकी प्रतीक्षा करती हैं। बिना एक भी शब्द कहे भिक्षु हर दरवाज़े पर खड़े हो जाते हैं। और तब एक महिला बाहर आकर आदरपूर्वक उनका कमण्डल भर देती है। भिक्षु दोपहर से पहले हमेशा एक जून खाना खाते हैं। यह नियम अभी बड़ी कड़ाई से निभाया जाता है। परिणामस्वरूप दोपहर से कुछ ही पहले जब वे मांगना खत्म कर देते, ज्यादातर भिक्षु हमारा संगीत सुनने चले आते थे।

हम अपने दोपहर के भोजन के बीच भी अपना गाना जारी रखते और

गाते-गाते हम झाड़ीनुमा दीवार के पीछे भिक्षुओं का प्रकट होना देखते। एक सफेद बालों वाला बूढ़ा भिक्षु इस कदर झुक कर बैठा हुआ था कि उसके हाथ तकरीबन जमीन को छू रहे थे, हमारे सामने ऊंची आवाज़ में कोई सूत्र गाने लग गया था शायद उसने सोचा कि हमारा गाना कोई बौद्ध श्लोक था, या हमारी आवाज़ ऐसी लगती थी जैसे स्वर्ग में देवदूतों की कोई मण्डली बादलों में तैर रही हो। उसकी देखभाल करने वाले दो काली चमड़ी वाले छोटे लड़के थे, जो ठीक उसके पीछे हाथों में फूल लिए आदरपूर्वक खड़े थे।

उस दिन भीड़ इतनी ज्यादा थी कि इसने व्यावसायिक स्तर पर मनोरंजन करने वालों को भी आकर्षित किया था। बाड़े के बाहर समीप ही एक सपेरा भी दो कोबरा सांपों को लिए बैठा था। वे दोनों कुण्डली मार कर जमीन पर बैठे हुए थे, वे कभी आपस में भिन्न-भिन्न तरीकों से उलझते, अलग होते, अपने सपाट सिर को ऊंचा उठाते, उनके विषदंत तोड़े हुए थे, अपने फन फैलाए, समय-समय पर अपने मालिकों की बांसुरी या घण्टी के इशारे पर फूहड़ नृत्य करते।

पास ही एक पेड़ के नीचे वह लड़का वीणा बजाने वाला मंदिर में अपनी वीणा बजा रहा था अगर वह थोड़ी देर पहले आ गया होता तो हम उसे साफ-साफ सुन सकते।....हम निराश इसलिए हुए क्योंकि संभव था वही यह वीणा वादक सिद्ध हो जो बुद्ध प्रतिमा के पास सारंगी बजा रहा था। खैर... आज भी भीड़ हमारा सहगान सुन रही थी, और वह लड़का इतने आहिस्ते बजा रहा था कि हम उसके संगीत के बारे में कुछ नहीं कह सकते।

पिछले तीन दिनों के दौरान हमने वे सब गीत गाए जो हमें आते थे सिवा 'मेरा प्रिय घर' के। हर गीत की खास-खास स्मृतियां थीं। और अब क्योंकि हम वह जगह छोड़ रहे थे हमने अपनी गहरी मनोभावनाओं के साथ वे गीत गाए परंतु वह गीत जिसने सबको मोहाच्छादित किया वह 'राजधानी के ऊपर का आसमान' गीत था।

'राजधानी के ऊपर का आसमान' टोकियो के हाई स्कूल का स्कूली गीत था जिसे किसी विद्यार्थी ने अपने उन सहपाठियों की विदाई में गाया था जो युद्ध में जा रहे थे। एक-एक करके बहुत सारे सहपाठी विदा हुए जैसे कोई विशाल अदृश्य हाथ हमारे इशारे से उन्हें खींच रहा हो। लगता था जैसे वह गीत स्कूल के मैदानों की ओर रात-दिन गूंजता रहा हो। हमने वह गीत उस स्कूल से पढ़े एक साथी से सीखा था और वह खूबसूरत धुन–परदुख की तड़प से भरे हुए गीत में था। अब भी जब कभी अपनी आंख बंद करता हूं तो मैं

वह गीत सुन सकता हूं। जैसे-जैसे मैं वह गीत सुनता वह गीत बीते दिनों की यादों को जगाता। अगर जापानी लोग 'राजधानी के ऊपर का आसमान' जैसे गीत से सुंदर सस्ते किस्म के देशभक्ति के गीतों की जगह गाते तो हममें से हर कोई ज्यादा गरिमापूर्ण ढंग से जीवित रहता।

जिस दिन हमने 'राजधानी के ऊपर का आसमान' गीत गाया जैसे हमने अपने त्रासद युवाजीवन का शोकविलाप किया हो। और साथ-ही-साथ हमने अपने मन को आश्वस्त महसूस किया, हमने अपने में एक सामर्थ्य जगती हुई महसूस की। परंतु गाने के चरम पर पहुंचते ही हम एक हो गए। हमने अपनी आवाज़ें निगल लीं। हमारा गीत अचानक बीच में टूट गया।

जब हम गा रहे थे बाड़े के बाहर ही भीड़ अपनी जगह बदल चुकी थी तभी हमने एक पीले वस्त्रधारी आदमी की शक्ल देखी। हमने उसकी तरफ गौर से देखा कि समीप खड़ी कुछ युवतियां संभ्रम में पड़ गयीं। शर्माती हुई अपनी संकोचशील आंखों को मिलाती हुई वे किनारे हट गयीं। जैसे ही उस आदमी के चारों ओर से भीड़ छंटी, आप देख सकते हैं कि वह एक भिक्षु था उनके दोनों कंधों पर चमकते हरे तोते थे।

हमारा गीत कार्यक्रम खत्म हो गया था। वे लोग जो बाड़े पर झुके हुए थे, छंटने शुरू हो गए थे। यह भांपते हुए कि कुछ असाधारण है वे इधर-उधर जिज्ञासु भाव से देखते जा रहे थे। अंत में उन्होंने अपनी आंखें भिक्षु पर टिकायीं।

परंतु भिक्षु अपनी मुद्रा में बिना कोई परिवर्तन लाए खड़ा रहा जैसे जमीन में जड़ दिया गया हो। तब एक तोता अपने पंख खोलकर थोड़ा ऊपर हुआ और तीखी मर्मभेदी फुसफुसाहट में भिक्षु के कान में बोला, "हे मिजूशिमा, हे मिजूशिमा चलो हम साथ-साथ जापान लौट चलें।"

हम यह स्पष्ट सुन सकते थे लेकिन अभी तक भिक्षु ने कोई भी हरकत नहीं की थी।

क्या वह मिजूशिमा था या नहीं ? हम सब उस समानता पर चकित थे। भिक्षु ने रहस्यवादी नकाब जैसे चेहरे से अपनी गहरी आंखों से हमें सीधे ताका। वह तांबई रंग का नहीं था जैसे हमने सोचा था, बल्कि वह पीला और रंगहीन लग रहा था, पर उसके ओंठ सुपारी खाने की वजह से तीखे लाल थे।

उसका चेहरा मिजूशिमा का प्रतिरूप था किंतु उसके साथ भाव ज्यादा-ज्यादा कोमल और विनम्र था। वह उपासना में लीन लगता था, अपने ही हृदय में एकटक झांकता हुआ। मिजूशिमा। हमारे एक साथी ने अपनी अनिश्चयात्मक आवाज़ में पुकारा।

भिक्षु ने ऐसा जाहिर किया जैसे उसने सुना ही न हो। परंतु तोतों ने मर्मभेदी आवाज़ में चीखना शुरू किया, "चलो साथ जापान लौट चलें...।"

मेरा अंदाजा है कि यह गलत आदमी है, कोई धीरे से बोला...भिक्षु हमें आधी खुली आंखों से ताकता रहा। हमें संकोच हुआ। अगर हमारे सामने यह गलत आदमी है तो हम एक बहुत बड़े आदरणीय बौद्ध भिक्षु का अपमान कर रहे हैं। जो शायद लोगों को बुरा लगे, जितने यहां जमा थे। देख-रेख करने वाला सिपाही भी ताक रहा था। इसका कोई समाधान नज़र नहीं आ रहा था, खासतौर से उसके बीच एक दुहरा बाड़ा था।

हम एक क्षण के लिए आपस में फुसफुसाए। और हमने मिज़ूशिमा का प्रिय गीत 'मेरा प्रिय घर' गाने का निश्चय किया। कई महीनों बाद यह गीत पहली बार गाने वाले थे। जैसे ही हमने गाना शुरू किया हमें झील के किनारे का वह सहगान याद आया, गोलाबारूद के इक्के के ऊपर वीणा का संगीत याद आया। हमारे साथी जीवन की तमाम भावनाएं उस गर्मदेश में जो खुशियां और दुख हमने सहे थे। वे जो जोखिम हमने उठाए जो हमारी आशाएं और निराशाएं हमारे भाग्य का वह द्रुत परिवर्तन यह चीज़ उस गीत के साथ बंध गयी थी।

वह भिक्षु वहां जड़वत खड़ा रहा जैसे संवेदनाहीन हो, फिर भी समग्र गरिमा के साथ हमने पद के बाद अपनी आवाज़ों को उस आखिरी गीत के वक्त पूरी तरह से उठाते हुए गाया। अचानक उस भिक्षु ने अपना सिर आगे झुका दिया था। अपने दुशाले के निचले हिस्से को संभालते हुए वह तेजी से भीड़ के बीच से उस लड़के के पास पेड़ के नीचे गया। उसने लड़के से वीणा ली और फिर बाड़े के पास से लौट आया। वीणा को अपने कंधों पर टिका लिया। तब वह जोशपूर्वक 'मेरा प्रिय घर' पदों को मिज़ूशिमा की पदावली के मुताबिक बजाने लगा।

तो यह मिज़ूशिमा था। हम खुशी में झूम उठे। एक वर्ष से भी ज्यादा समय के बाद हमारी तीखी आवाज़ों ने उसकी सारंगी का साथ दिया था। इस वक्त तक पूरी तरह पुराना मिज़ुशिमा बन गया था। उसका मुंह कस गया था और उसकी मर्मभेदी आंखें ऊपर उठ गई थीं। उसने वीणा अनाम श्रमहीन अंदाज में बजाई।

वह मिज़ूशिमा ही था। वह मिज़ूशिमा था कार्पोरल मिज़ूशिमा हमारे दस्ते की शान, वह आदमी कंधे पर वीणा रखे, बर्मा की पहाड़ियों और घाटियों में भटकने वाला हमारा समय बचाने वाला, हमें आगे ले जाने वाला, और हमारी भावनाओं को तृप्त और जीवित रखने वाला मिज़ूशिमा। हमने अपने पांवों की

थापों पर आवाज़ें महज खुशी में कीं–

जब गीत खत्म हुआ हम अंदरवाली बाड़ की तरफ दौड़े और उसकी तरफ चिल्लाते हुए झुक गए।

मिज़ूशिमा हम कल जापान जा रहे हैं। यह जगह छोड़ रहे हैं।

'यह बहुत अच्छी बात है, तुम आखिर में वापस जा रहे हो।"

"जल्दी करो और अंदर आ जाओ।"

सब लोग गुस्से में तकरीबन अपनी आंखों में आंसू भर बोलने लगे, "तुम अब तक कहां थे बताओ।"

परंतु मिज़ुशिमा बाड़े की तरफ अपनी आंखों को नीचे किए खड़ा रहा। कुछ देर बाद वह फिर वीणा बजाने लगा।

यह एक मंद दुःख व्यक्त करने वाली धुन थी जो अलग ढंग से ही जानी-पहचानी लगी...ठीक...वह पढ़ाई खत्म करने के बाद वाली धुन थी जो हमने अपने स्कूल के आखिरी दिन गाया। धुन दुहराई–हमें अवश्य विदा होना है.... अवश्य।

हमने दुःखी दिलों से वह सुना। मिज़ूशिमा ने पद का टेक तीन बार बजाया, हम सबके सामने-आ झुका और धीरे से मुड़ कर भीड़ के बीच में से चला गया।

उसे जाते हुए देखते, हम सबने अपने हाथ हिलाए और उसे रोकने की कोशिश में चिल्लाए, मिज़ूशिमा आओ साथ-साथ जापान लौट चलें।

परंतु भिक्षु ने सिर्फ थोड़ा-सा अपना सिर हिलाया और बिना मुड़कर देखे चला गया। अपने बाएं कंधे पर वह सारंगी लिए था, उस पर एक हरा तोता बैठा था, दूसरा तोता उसके नंगे दाएं कंधे पर बैठा था। ये दोनों तो एक-दूसरे पर जल्दी-जल्दी कुछ चिड़चिड़ा रहे थे।

भिक्षु का पत्र

उस तरह मिज़ूशिमा हमें छोड़ गया। उसने अपने को केवल एक क्षण के लिए प्रकट किया और फिर ओझल हो गया। उसे फिर हमने कभी नहीं देखा। वह अभी भी बर्मा में है, भिक्षु के वेश में, अभी भी उस अंतहीन ग्रीष्मों के मुल्क में इधर-उधर भटक रहा है।

मिज़ूशिमा एक भगोड़ा था। वह वापस नहीं लौटा, यह हम लोगों पर क्रूर आघात था। कैप्टेन ने युद्ध विराम के दौरान जो कुछ कहा था, वह भूल अपने दोस्तों को दगा दे और अपने दस्ते को छोड़ गया था। यहां तक कि वह अपने देश को भी त्याग चुका था। आज जापान गरीब देश है, एक दु:खी देश है, जिसे खुद जापानी लोग गालियां देते हुए, एक-दूसरे के साथ गलियान की प्रतियोगिता में उतर आते हैं। लेकिन इतने पर भी कैसे महसूस कर आदमी अपनी जन्मभूमि के प्रति पीठ मोड़ सकता है ? क्या वह अपने देश के प्रति प्रेम नहीं महसूस करता। इसमें इच्छा नहीं पैदा करता कि वह अपने साथी देशवासियों के साथ मिलकर अपने द्वारा की गई गलतियों को सुधारे और अपने देश के पुनर्निर्माण की कोशिश करे। यह बात हमें सोचने पर भी दुखी करती है कि मिज़ूशिमा भिक्षु जैसे आसान जिंदगी वह भी दूसरे देश में गुजारना चाहता था, बजाय इसके कि अपने देश वापस लौटे और उन कठिनाइयों का सामना करे जो वहां हमारी प्रतीक्षा कर रही हैं।

पुराना साथी सबसे ज्यादा आंसू बहा रहा था। उसे विश्वास था मिज़ुशिमा गरिमामय मौत मरा था, अपने राष्ट्र भक्तों को बचाने में उसने अपना बलिदान

दिया था और अब उसके सामने मिजूशिमा एक भगोड़ा साबित हुआ था।

पुराना साथी बेहद ईमानदार आदमी था, जिसमें अपने कर्त्तव्य के प्रति दृढ़ता की भावना थी। वह किसी को धोखा देने की बात स्वप्न में भी नहीं सोच सकता था। जब से कैप्टेन निराश हो गया था, उसने हम सब लोगों का उत्साह जीवित रखने का बीड़ा उठाया था। गायक के रूप में चाहे वह निःसंदेह गाने वाले दस्ते का सबसे खराब गायक था।

फौज में आने से पहले वह छोटी तनख्वाह पाने वाला एक दफ्तर का कर्मचारी था। जो नौकरी से निवृत्त हो जाने में एक बार उसे मिला था। वह और उसका बड़ा परिवार एक खंडहरनुमा मकान में रहते थे, पुराना रंगहीन सूट पहन कर वह हर रोज भीड़ भरी दुनिया में काम पर जाता था। वह अच्छी खुराक के अभाव में पीला और कमजोर लगता था परंतु उसे इन बातों की कोई शिकायत नहीं थी।

मैं आजकल अखबारों और पत्रिकाओं में छपने वाले समाचारों को पढ़कर खुद को व्याकुल होने से रोक नहीं सकता था। बहुत सारे लोग तो दूसरों पर लानत भेजते और उन्हें सब बातों के लिए जिम्मेदार ठहराने में गौरव समझते थे। यह सब उस आदमी की गलती है, वे अभिमानपूर्वक यह घोषणा करते जैसे हम युद्ध में विजयी रहे हों, इसीलिए तो देश इस तरह की गड़बड़ हालत में है। ऐसा कुछ हमने कहने वाले वे ही लोग थे जिनका युद्ध के दौरान का व्यवहार कदापि प्रशंसा योग्य नहीं था और जो अब भी किसी तरह फिजूलखर्ची की तरह जीवन यापन करने की व्यवस्था कर लेते हैं। जबकि पुराने साथी जैसे लोग बेहतर थे। कम-से-कम उन लोगों से जो व्यर्थ ही अपने स्वार्थ के लिए आर्तनाद करते थे। स्थिति चाहे कितनी ही अस्त-व्यस्त क्यों न हो। कुछ लोग चुपचाप और विनम्र भाव से काम किए जाते हैं। क्या वे देशभक्त नहीं हैं ? क्या किसी देश का जीवित रहना उन लोगों पर निर्भर नहीं ?

यहां तक कि हमेशा के लिए बर्मा छोड़ने वाली उस सुबह हमने कोई गहरा लगाव महसूस नहीं किया। हमारे भाव सिर्फ भविष्य क्या है—यह जानने के लिए थे। हम जापानवासी वापस जा रहे हैं। हम नहीं जानते थे कि उस बीच हमारे परिजनों का क्या हाल हो गया होगा लेकिन हम अपने घर लौट रहे थे। न हम यह जानते थे कि हमारा क्या बनेगा परंतु हम अपना जीवन फिर से शुरू करने वाले थे।

हम सब अपने बंधे सामान पर बैठे थे, अब क्या-क्या करने की योजना बना रहे थे इसे पर बातचीत कर रहे थे।

वापस पहुंचकर मैं अपने सफेद दीवारों वाले घर के बराण्डे में शहतूत के पेड़ों के बीच लंबी नींद लूंगा। मैं झरने की शीतल झरझर आवाज़ सुनूंगा और यदाकदा बादाम की टहनियों के हिलने की आवाज़ सुनूंगा। मेरे सिर के ऊपर शहतूत के कीड़े अपने बाटरों में मंद-मंद शहतूत के पत्तों पर सिसक रहे होंगे और जल्दी ही वे अपना रेशमी सफेद रेशा बुन लेंगे। मैं उस खुशनुमा व्यस्त जिंदगी में वापस चला जाऊंगा अपनी हिफाजत करने।

ठीक है, मैं किसी फैक्ट्री में काम कर रहा होऊंगा। बड़ी-बड़ी मशीनों के शोर में धातु के कटने की तीखी आवाज़ सुनूंगा और छोटे-छोटे चमकदार पेंच और पुर्जे को निकलते देखूंगा। मुझे इसी में महारत हासिल है।

मैं तो रेल और सड़क की जगहों पर रेलों की बत्ती दिखाया करूंगा। रात में तो मैं अकेला ही इन सब कामों का जिम्मेदार बनूंगा।

मैं तो अपनी साइकिल पर चढ़ कर सीटियां बजाता गिंजा के इलाके में बिल वगैरह दिया करूंगा और वहां से दफ्तर लौटते वक्त किसी सिनेमा घर के स्टाल पर खाने-पीने के लिए ठहर जाऊंगा।

ऐन मौके पर बह बूढ़ी औरत आ गयी। आज वह कुछ चुप और उदास लग रही थी। हमेशा की तरह बातूनी नहीं। जमीन पर बैठ कर उसने अपना सामान फैला दिया और हम सब लोगों को लीचियां और आम दिए। उनकी तीखी गंध, गर्म देश की धूप की तरह, हमारी आंखों और नासापुटों में प्रवेश कर गयी। जानते हुए कि हम आखिरी बार उसकी मेहरबानी स्वीकार करने में समर्थ हैं, हमने पाया कि फल दूसरे मौकों की बनिस्बत ज्यादा स्वादिष्ट थे।

उस बूढ़ी औरत ने अपने कपड़ों की तह में से एक चिड़िया निकाली, वह वही तोता था।

हमारा संदेश देने के लिए बहुत शुक्रिया, हमारे एक सैनिक ने चिड़िया लेते कहा लेकिन इससे कोई ज्यादा फायदा नहीं हुआ न ?

तोते ने अपना सिर क्षण भर के लिए हिलाया, जैसे वह कोई नंगा हो, और फिर उत्सुकता में क्षण के लिए झांका। तब बह ज़ापानी में ऊंचे गाने की आवाज़ की तरह चीखा, आह मैं घर नहीं जा सकता।

यह कुछ नया सीख गया है, हम बोले।

तभी पुराना साथी आया। अब उसने तोते को देखा तो वह गुस्से में बोला यह चिड़िया अब हमारे किसी उपयोग की नहीं। हमें इससे छुटकारा पाना चाहिए। उसने तोते की टांगों को पकड़ा। तोते ने अपना सिर फैलाया, थोड़ा चीखा और अपने पंख फड़फड़ाए।

बूढ़ी औरत ने फुर्ती से उसे छुड़ाया। तोते को अपने सीने से लगाए, वह बोली, देखो यह बड़ा भाई है जिसे भिक्षु सदैव अपने कंधे पर रखता था। देखो इसके पंख कितने सुंदर और चमकीले हैं। भिक्षु ने वह अपने पास रख लिया और जो तुमने दिया था और मुझे कहा कि बदले में यह तोता मैं तुम लोगों को दे दूं।

सच ?

तोता फिर चिल्लाया, "आह, मैं घर नहीं वापस जा सकता।"

भिक्षु के पास से एक और चीज़ बूढ़ी औरत अपने कपड़ों में कुछ खोजते हुए बोलती रही। उसने एक मोटा लिफाफा निकाला। उसने मुझे यह कैप्टेन को देने को कहा। यह एक आदरणीय आग्रह था भिक्षु का। फिर मैं उस पत्र को इसलिए भी जान जोखिम में डालकर ले आयी हूं कि यही तो एक कार्य है, जो मैं आखिरी बार तुम्हारे लिए कर सकती थी।

हम सब चिट्ठी के करीब घिर आए। इसका लिफाफा बर्मी लग रहा था। लंबा एक तरफ फैला हुआ, कीमती कागज का तथा पुराने ढंग का। एक भिक्षु से ऐसे लिफाफे की अपेक्षा की जा सकती थी। पत्र लेते ही पुराने सैनिक के बड़े-बड़े हाथ कांपे। उसने इस लिफाफे को इस तरह देखा जैसे वह उलझ गया हो।

हमने कैप्टेन को बुलाया। वह लोगों के जापान जाने संबंधी मामले निपटाने में व्यस्त था। अब वह पूरी तरह व्यवस्थित हो गया था और हमेशा की तरह खुश था। जब उसके हाथ में वह भारी लिफाफा दिया तो उसने जल्दी से उसे खोलना चाहा लेकिन वह फिर रुक गया और बोला, "नहीं"। हम जल्दी ही जा रहे हैं। हमें यह बाद में पढ़ना चाहिए। तब हमारे पास ज्यादा वक्त भी होगा।

लेकिन कैप्टेन के पुराने साथी ने आपत्ति की। क्या तुम इसे अभी नहीं खोल सकते, शायद मिज़ूशिमा के लौटने की कोई सूरत हो...

नहीं, कैप्टेन ने शांत भाव से अपना सिर हिलाया। मिज़ूशिमा जापान वापस नहीं जा रहा है। इस बात को अभी पढ़ने का कोई फायदा नहीं। पुराना साथी जमीन पर बैठ गया और उसने एक लंबी सांस ली। कैप्टेन ने वह खत अपनी ऊपरी जेब में रखा और ऊपरी फ्लैप पर बटन लगा दिए। "किसी चीज़ की चिंता करने की ज़रूरत नहीं" उसने हम सब लोगों को दिलासा दिलाते हुए कहा, निश्चयपूर्वक कहा जा सकता है कि यह हम आप लोगों को खुश करेगा।

जब आखिरी में जाने का समय आया तो हर कैंप से जापानी सैनिक बाहर

निकले और हर एक ने बूढ़ी औरत की तरफ हाथ हिलाया जो दरवाज़े के पास ही खड़ी थी। उसने हमें देखने के लिए, जब हम पंक्ति बनाकर जा रहे थे, अपनी गर्दन खूब ऊंची की।

कुछ घंटों के बाद हम एक छोटी-सी नदी के बंदरगाह पर खड़े सैनिक जहाज पर चढ़े। मेहराबें लोहे की छड़ों से कसी हुई थीं, और पुरानी लग रही थीं। हमने एक लकड़ी से बना रास्ता पार कर सीधी और बहुत संकरी सीढ़ी पार की।

कुछ देर बाद हमारा जहाज चलने लगा। गर्म दीवारों पर जहाज का भोंपू गुर्राया और भाप का इंजन शुरू हुआ। ऊपर डेक पर लोग चिल्लाए, उन्होंने चीज़ें उठा लीं, लोहे की जंजीर के बीच भारी सामान हिला, उस हल्ले में आप जहाज के सामान का अंदाजा लगा सकते हैं। हम अपने घुटनों को सिकोड़ डिब्बेनुमा कम्पार्टमेंटों में बैठे। जानते हुए कि हम लोगों के चारों तरफ क्या था, हमें अचानक 'मुक्ति', मुक्ति का एक भाव महसूस हुआ। आंसू हमारी आंखों में जमा हो गए। ।

जहाज के छेदों से बाहर झांक कर हमने मटमैली कीचड़ वाली नदी देखी। जिसके दोनों तरफ अनावश्यक जगहों पर बढ़े हुए पेड़ देखे, कीचड़ वाले पानी में सड़े हुए मांस जैसी बू आ रही थी। नौकाएं ऐसे चलती थीं जैसी बड़े पंखों को खोलकर तितलियां ऊपर-नीचे उड़ रही हों। यदा-कदा कोई मोटरबोट उन नावों के बीच से अभिमानपूर्वक निकलती, और दोनों ओर धुएं की घुघराती मालाएं छोड़ देती। हम किनारों पर बसे नगरों, लकड़ी की झोंपड़ियां देख रहे थे। लुंगी पहने लोग इधर-उधर जा रहे थे। कुत्ते नारियल के वृक्षों के साथ-साथ बनी सड़कों पर दौड़ रहे थे। मछुआरे अपनी नावें चला रहे थे। सब कुछ इतना शांतिमय लग रहा था कि इस बात का विश्वास करना कठिन था कि इस देश में कभी लड़ाई हुई होगी। काफी दूर पर एक दूसरे से जुड़ी हुई विस्तृत श्वेत पर्वत मालाएं थीं।

उस रात हमारा जहाज समुद्र में प्रवेश कर चुका था।

तीन दिनों में ही हम जहाज में जिंदगी के अभ्यस्त हो गए थे। उस दिन जब हम डेक पर गए तो हमने देखा कि हम एक चौड़ी खाड़ी से

गुजर रहे हैं। जिसके बायीं ओर मलाया प्रायद्वीप था और दायीं ओर सुमात्रा। हम दक्षिणी समुद्र की सुंदरता देखकर मंत्र–मुग्ध से हो गए थे।

समुद्र, आसमान और द्वीप समूह विलक्षण नगों की तरह चमक रहे थे। मरकत मणि और दूधिया पत्थरों के गुच्छे साथ-साथ तैरते प्रतीत हो रहे थे। बादलों से जड़ा हुआ आसमान दर्पणवत समुद्र में प्रतिबिंबित हो रहा था, उसके बीच विशाल जमीन के टुकड़े जैसे हमारे चारों ओर घूम रहे हों। हर तरह के बेढंगे रास्ते गांव प्रकाश स्तंभ स्पष्ट ही आंखों को दिखाई देते, और तुरंत ही किसी ऊंची जमीन के टुकड़ों के बीच में आ जाने पर ओझल हो जाते। समुद्री हवा सुखद थी। जहाज पानी की लगातार थपेड़ों से जागता था जैसे हमारे हृदयों की सफाई सी हो रही हो। सूरज गर्म था, हवा ठंडी और हमें महसूस होता था कि हम जैसे जहाज में सफर न कर रहे हों, बल्कि उड़ रहे हों।

हम डैक के एक कोने में थोड़ी-सी छत वाली जगह के नीचे बैठ गए। कैप्टेन ने अपनी ऊपरी जेब से वह खत निकाला। अब एक बार हमें देखा। सावधानी से, करीब, पूर्ण आदर से, उसने लिफाफा खोला और तीस पेजों का एक छोटा हस्तलेख में, हाशिया छोड़ कर लिखा हुआ पैकेट निकला।

कैप्टेन ने चारों तरफ देखा, मैं समझता हूं कि आप सब लोग यहां हैं। उसने कहा, “अब मैं मिज़ूशिमा का पत्र पढ़ूंगा। वह तो यह कि पीछे मुड़ान में बहुत निराश हो गया था, क्योंकि वह हम तक नहीं पहुंचा था। और उसके बाद जब मैंने तय किया कि वह अभी जिंदा होगा। कई तरह की अविश्वसनीय चीज़ें घट गयीं, जिनसे भी ज्यादा परेशान हो गया। आप सब लोगों को चिंतित करने के लिए मैं क्षमा चाहता हूं। बहुत पहले मैंने इस बात पर विश्वास कर लिया था कि मिज़ूशिमा ही वह बर्मा भिक्षु है किंतु मैं प्रमाणों के अभाव में कुछ भी कहने में संकोच करता रहा। इसी भिक्षु को हमने पाया कि वह मिज़ूशिमा था और यहां तक कि उससे यह खत भी मिल गया।

तब भी यह हमारे पास वापस क्यों नहीं आया और वह एक घुमक्कड़ भिक्षु के रूप में क्या कर रहा था। मैं सोचता हूं कि मैं उसी वक्त इसका जवाब जान गया था जब मैंने कब्रगाह में वह डिब्बा देखा था, और जहां तक मेरा ताल्लुक था, परेशानी सुलझ गयी थी। मैं मिज़ूशिमा को जानता था। मैं सोचता हूं कि यह खत स्पष्ट कर देगा कि मैं उसके बारे में गलती पर नहीं था।” इन बातों के साथ कैप्टेन ने पढ़ना शुरू किया।

मेरे प्यारे साथियों,

मैं आपको बता नहीं सकता कि मैं आप लोगों को देखने के लिए कितना

बेताब हूं। मैं अपने दस्ते में वापस लौटने की कितनी इच्छा लिए हुए हूं। आप लोगों के साथ काम करने और गांव में विदेशी भूमि में उन खुशियों और दिक्कतों को कभी नहीं भूल पाऊंगा, जो हमने साथ-साथ भोगी थीं। इससे अधिक मैं आप लोगों को बता नहीं सकता कि मेरे अंदर देश लौटने की और अपने परिवार वालों के साथ फिर से रहने की इच्छा कितनी तीव्र है।

जब आप लोग काम पर जाते या अपने कैंप में गाते होते तो कई बार छुप-छुप कर मैं आप लोगों के बारे में सोचता, और निश्चित रूप से मुडान की तरफ खिंचा चला आता। फिर रात-रात में आप लोगों की बाड़ के बाहर खड़ा रहता और पास की झोंपड़ी को तब तक देखता रहता जब तक सुबह की पहली उजली किरण मुझे न दिखाई दे जाती। लेकिन अब वह सहारा भी चला गया।

मैं जापान नहीं लौटुंगा। मैंने बर्मा में रहने की प्रतिज्ञा कर ली है। उसी वेश में जिसमें आप मुझे देख चुके हैं, मैं इस पूरे देश में घूमूंगा, उस देश के पर्वतों और नदियों के छोरों पर। यहां मुझे एक काम करना है। मैं तब तक यह देश नहीं छोड़ सकता जब तक वह काम खत्म नहीं कर लेता। आज से सालों बाद मेरा काम खत्म हो जाएगा, मैं जापान आने की कोशिश करूंगा। या शायद मैं अपना बाकी जीवन यहीं बिता दूं, क्योंकि अब से भगवान बुद्ध का एक सेवक भिक्षु हूं। मैं जो भी करूंगा, भगवान बुद्ध की इच्छा का पालन करूंगा।

मैं मृत जापानियों की देख-रेख कर रहा हूं जो देश में यत्र-तत्र बिखरे पड़े हैं। उन्हें अंतिम विश्राम स्थल देने की नीयत से मैं उनके लिए कब्र खोदता हूं और उनकी सफेद हुई हड्डियों को दफनाता हूं। मेरे देश के असंख्य युवाजन युद्ध में भर्ती किए गए थे। केवल पराजित होने और मरने के लिए, और अब सिर्फ उनके अवशेष ही छूटे पड़े हैं। यह त्रासदायक दृश्य है। कभी एक बार मैं देखता हूं कि मुझे उन अवशेषों की देख-रेख करनी है। जब तक मैं यह सब काम पूरा नहीं कर लेता, मैं अपने को यह जगह छोड़ने के लिए तैयार नहीं कर सकता।

जैसा कैप्टेन ने कहा था कि मैं भी सोचता था कि हम सब अपने राष्ट्र के पुनर्निर्माण के लिए इकट्ठे जापान लौटेंगे। मैं भी वह करना चाहता हूं परंतु मृत अवशेषों को पीछे देख मुझे अपनी यह इच्छा त्याग देनी पड़ी। और यह सिर्फ मेरा अपना निर्णय नहीं है। जब तक बल्कि एक विनम्र और दृढ़ आवाज़ मुझसे यह मांग करती है, मैं सिर्फ अपने सिर को यह कोमल और असहनीय आवाज़ सुनने के लिए झुका सकता हूं।

आखिर आज के विदा के गीत के बाद जो मैंने अपनी सारंगी पर गाया

था मैंने अंदाज में पूरी तरह समझौता कर लिया कि मैं पीछे रह गया हूं। आप लोग मेहरबानी कर अच्छी कामनाओं के साथ स्वदेश लौटें और मेरी खातिर ही ज्यादा मेहनत करें।

मैं आगे आपको, उस दिन से लेकर जिस दिन उस पहाड़ी गांव में मैं आप लोगों से अलग हुआ था आज तक का पूरा ब्यौरा दे रहा हूं।

जब कैप्टेन वहां तक पढ़ चुका तो पुराने साथी ने अपनी आंखें बंद कर लीं और प्रार्थना की मुद्रा में अपने हाथ जोड़ दिए। कुछ और लोगों उसका अनुसरण किया।

तोता शामियाने की रस्सियों पर बैठा था तभी वह ऊंची आवाज़ में चिल्लाया, "आह मैं घर नहीं जा सकता।" उसके शब्द एक लंबी शोकाकुल सांस की तरह फैल गए।

हमने ऊपर देखा। हरे तोते ने अपना सिर एक ओर कर लिया और हम लोगों की ओर नीचे देखा।

जैसे-जैसे कैप्टेन पढ़ता रहा उसका चेहरा खुशी में चमकता गया। इसमें संदेह न था कि उसका अंदाज बिल्कुल सही था।

मैं ब्रितानी सैनिक और मार्ग प्रदर्शन के साथ उस रास्ते पर जल्दी-जल्दी चलने लगा लेकिन करीब चार बजे शाम हम लोग उस पहाड़ी चट्टान पर पहुंचे। उसके बाद तो मुझे ऐसा लगा जैसे मैं धुंध के रास्तों में चल रहा हूं जिसमें मेरे दिमाग में आगे कुछ भी स्पष्ट नहीं है। जो घटा उसके क्रम के बारे में भी निश्चित नहीं हूं। मेरी स्मृतियां सिर्फ खंडित स्मृतियां हैं लेकिन इतनी साफ-साफ हैं, जैसे यह सब मेरे साथ कल ही घटी हों। जैसे ही हम वहां जंगल के बीच गए, मैंने गोलाबारी की आवाज़ पहले धीरे-धीरे और फिर तेज होती सुनी। जंगल होने के बावजूद सूरज की रोशनी छनकर आ रही थी लेकिन हम अक्सर बिजली चमकने जैसी चमकदार रोशनी देख रहे थे। और जब गिनना

शुरू किया तीन-चार पांच-दस क्या हजारों विस्फोटों से हम हिल गए थे। पेड़ों के शिखर जागकर जैसे कांप जाते थे। सब पक्षी वहां से भाग चुके थे। वहां कोई चहचहाहट भी नहीं थी। मैंने जरूर दो-दो फीट लंबी विशाल छिपकलियां देखी थीं, उनके जबड़े एक दूसरे से कसे हुए थे और वे मृत लग रही थीं।

चलते-चलते हम अचानक ही जंगल के बाहर दिन की पूरी रोशनी के सामने आ गए। हमारे ठीक सामने तिकोनी चोटी थी। वह साफ-सा चट्टान समूह था। नीचे नदी की तलहटी से सीधी ऊपर उठी हुई वह चोटी थी, उनका सारा चेहरा मधुमक्खियों के छत्ते जैसे छेदों से भरा दिखाई दे रहा था। लगता था जैसे वह पत्थर निकालने की खान हो जहां जगह-जगह से पत्थर निकाले गए हों। या फिर जैसे चट्टान की खोहें रहने के काम में लायी गई हों। स्पष्ट था कि वे खोहें किसी सुरंग जाल व्यवस्थित थीं। उन ग़ुफाओं के मुंह से घना बारूदी धुआं निकलता और धीरे-धीरे धूप में चमकता हुआ चट्टान की चोटी को लील लेता। यदा-कदा अब वहां धुएं के साथ गोली का धमकना और उसकी चमक भी फैल जाती। सारी सूखी, सपाट उजाड़ चोटी जीवंत दिखाई पड़ती।

आक्रगाणकारी ब्रितानी सेनाओं का मुख्य अड्डा जंगलों में था। उस ब्रितानी। सैनिक को धन्यवाद, जो मेरे साथ आया था और जिसकी वजह से मैं जमांडिग अफसर को जल्दी मिल पाया था। वह सफेद बालों वाला प्रौढ़ आयु के व्यक्ति थे। साफ दिखाई देता था मानों उसके पास अच्छा निर्णय लेने की सामर्थ्य थी। मेरी बात सुनने के बाद उसने सीधे मेरी ओर ताका, अपना निर्णय तय कर लिया।

"ठीक है," उसने कहा, "देखो अगर तुम चाहो तो उन्हें आत्मसमर्पण के लिए राजी कर सकते हो। परंतु मैं तुम्हें सिर्फ तीस मिनट देता हूं उससे एक भी सैकिंड ज्यादा नहीं।" अब मैंने सलाम किया और जाने के लिए मुड़ा तो उसने पीछे से कहा, "शुभ कामनाएं।"

मैं ब्रितानी फौजी कैंप से तिकोनी चोटी की ओर खंदकों को फांदते हुए चला। यह इलाका जापानी सैनिकों का पुराना अड्डा मालूम देता था। परंतु यह अब अधिकार रहित ऐसा इलाका था जहां टूटे खंडित वृक्ष छितरे पड़े थे। मृत वहीं पड़े थे जहां वे गिरे थे। वहां टूटे हुए तोपखानों के पुर्जों के निकले चक्र धातु, तमाम किस्म के धातु के टुकड़ों और लोहे के हैण्डलों से मैदान गंदला हुआ पड़ा था। यहां तक कि धरती भी उस प्रचण्ड गोलीकांड से झुलसी हुई थी। वह एक अविश्वसनीय अग्निकांड का दृश्य था।

ठीक जैसे ही मैं आखिरी खंदक की चट्टानी ऊंचाई से ऊपर चढ़ रहा था बंदूक की गोलियां दनादन मेरे पांवों के पास छितर पड़ीं। मेरे पीछे का बांस

झुरमुट ऐसा चरमराया मानो कोई आकस्मिक आंधी का झोंका आया हो। मैं सीधा केवल लेट गया यह सब अविश्वसनीय रूप से शांत लगा। जैसा मुझे पता है मैंने केवल चट्टानों से निकलती हुई गोलियों की लकीर देखी थी और धीरे-धीरे गिरते विशाल वृक्ष। मैं चोटी की तरफ चिल्लाया। लेकिन यहां तक कि मुझे अपनी आवाज़ किसी दूसरे की लगी।

कुछ देर बाद मैं खड़ा हुआ और मैंने अपना हाथ हिलाया किंतु मेरा स्वागत फिर गोलियों को दूसरी बौछार से किया गया था। मशीनगन से निकली हुई गोलियों की बौछारों ने मेरे चारों तरफ एक सीवन सी बुन दी थी। और हर सीवन से धूल उड़ने लगी थी। चट्टान फटी और घास जलनी शुरू हो गई। मैं दुबारा सीधा लेट गया। इस तरह कोशिश करना फिजूल था। मैं ऊंची जगह से कूदा और सीधे आगे भागने लगा, उन्होंने ज़रूर पहचान लिया होगा कि मैं एक जापानी सैनिक हूं। क्योंकि गोलाबारी बंद हो गई थी। मैं चट्टानी पहाड़ के ऊपर सामने जा चढ़ा। कुछ जापानी सैनिक अपनी गुफाओं से बाहर निकले और उन्होंने मुझे अंदर की तरफ खींचा।

"यह तुम थे।" मुझे देखकर वे खुश हुए थे।

"लेकिन तुम आए कैसे ?"

"तुम्हारा फौजी सामान कहां है ?"

"तुममें काफी साहस है।" किसी ने अपने खाने के डिब्बे में कुछ, द्रव ऊपर तक भरा और मुझे दिया, "ये लो पिओ" मैंने वह एक घूंट में ही पी लिया। तब मैंने जाना कि वह कोई रस था।

"हम लोग यह लड़ाई लड़ने जा रहे थे," उनमें से एक ने मुझे बताया, "तुम भी हममें शामिल हो सकते हो। तुम्हारे पास कोई बंदूक नहीं है। अच्छा तो यह लो !" उसने मुझे बंदूक दी।

एक आदमी जो उनका कैप्टेन-सा लगता था सुरंग से आया। गुफा में इतना अंधेरा था कि पहले मैं मुश्किल से कोई चीज देख पाया। परंतु अब मैंने देखा कि आदमियों का एक बड़ा समूह सुरंग के पास मेरी तरफ देखते हुए जमा था। "आपको देखकर खुशी हुई" वे लोग अपरिचित और बनावटी हंसी हंसे। "तुम्हारा फौजी सामान कहां है", वे लड़ाई के लिए तैयार थे। अपनी कमर तक नंगे। उनके पतले शरीर बंदूकों के धुएं की वजह से काले पड़ गए थे और उनकी आंखों में जैसे खून उतरा हुआ था।

कैप्टेन, विशाल कंधों, गोल चमकीले चेहरे और छोटी मूंछों वाला आदमी था। वह हद दर्जे का जिद्दी दिखाई देता था। मैं एकदम यह भांप गया था कि

उसके आदमी उसे प्यार करते हैं। वह इस मौके पर खुश नज़र आ रहा था कि वह एक अजनबी को बता सके कि उसका फौजी दस्ता मरने तक लड़ने के लिए कटिबद्ध है। उसने मेरे हाथ को अपने हाथों में लिया तो उसकी आंखें चमकीं।

"हम निश्चित रूप से छकाने वाले हैं न ?" उसने कहा। बहुत अच्छा उत्साह है, तब उसने मुझसे पूछा अगर मैं कोई संदेश लाया हूं।

उसके आगे सावधान मुद्रा में खड़े होकर मैंने अपने उद्देश्य के बारे में उसे बताया कि अन्य जापानी फौजों का क्या हुआ और उससे आत्मसमर्पण करने का आग्रह किया।

अचानक जब कि अभी मैं पूरी स्थिति स्पष्ट कर रहा था, कैप्टेन गरजा, "इतना ही काफी है," उसके माथे की रक्त नलिकाएं गुस्से में नीली हो उठीं, वह इतना गुस्सा हो उठा था कि उससे बात भी नहीं की जा रही थी। "आत्मसमर्पण !" वह आक्रामक ढंग से बोला, "आत्मसमर्पण करने के लिए कहने की तुम्हारी हिम्मत कैसे हुई। यह घृणास्पद है। अगर हम जब आत्मसमर्पण करते हैं तो हम उन लोगों का अपमान कर रहे हैं जो मर चुके हैं। हमारा दस्ता तुम्हारे दस्ते की तरह कायर नहीं है। हम तब तक लड़ते रहने को तैयार हैं, जब तक पूरी तरह न मिट जाएं।"

"लेकिन ऐसे पूरी तरह मिट जाने में क्या फायदा है।" मैं बोला, "हमें जीना है और संघर्ष करना है, और अपने देश के लिए काम करना है।"

"अपने देश के लिए," एक सैनिक तिरस्कारपूर्ण ढंग से अपने कैप्टेन की तरफ देख कर बोला, "इस तरह आत्मसमर्पण करने में कौन-सी ऐसी राष्ट्र भक्ति है।

"हमारे दस्ते में उस जैसा कोई कायर नहीं है।" दूसरा बोला। उसने भी कैप्टेन की तरफ देखा। कैप्टेन ने स्वीकार में सिर हिलाया।

अगर कोई घर में आत्मसमर्पण नहीं कर रहा हो तो जापान कैसे हानि में है ? वे सब इसी तरह बातें करते रहे इस बीच वे ग़ुफा के बीच में खींचे गए पीपे से निकाल-निकाल कर रस सुड़कते रहे।

जैसे मैं उन्हें सुनता रहा, मुझे महसूस हुआ कि वे उन्मादी लोग किसी अजनबी शक्ति के नियंत्रित हैं। शायद वे कुछ अलग सोच रहे थे। परंतु एक दल के रूप में उनका व्यक्तित्व मंद पड़ गया था एक दूसरे को झूठे साहस से उत्तेजित करते उन्हें पीछे नहीं हटाया जा सकता। वे अब दूसरी दिशा में सोचने को भी तैयार नहीं थे। व्यक्ति की इच्छा के अतिरिक्त कोई दूसरी चीज़ निर्णय

ले रही थी और पूरे वर्ग को प्रेरित कर रही थी। मैं हतप्रभ था कि कैसे इस अड़ियल स्थिति को वश में कर सकता हूं। इसमें कोई शक नहीं कि कुछ लोग तो मृत्यु तक लड़ने के लिए तत्पर थे–कुछ ऐसे थे जिन्हें संदेह था कि यह ठीक काम है या नहीं परंतु वे बोलते नहीं थे। इसके अलावा वे भीड़ का सामना करने में असमर्थ थे। उन्हें यह पता नहीं था कि हालत क्या थी। उनके पास इसे जानने का कोई साधन भी नहीं था। यहां तक कि अगर वे अपनी राय बनाने की जिद भी करते तो उनके पास कोई और बात नहीं थी। इसलिए उत्साह युक्त किंतु फिजूल तर्क की विजय हो रही थी–और कम-से-कम ऐसा लगता ही था। "बाहर हो जाओ, तुम जापानी नहीं तुम जैसे कायर, निकल जाओ, निकलो।"

"नहीं, मैं तब तक यहीं रहूंगा जब तक तुम होश में नहीं आ जाते।"

"अगर तुम नहीं जाते–तो तुम व्यर्थ मरोगे। तुम अपनी कीमती जिंदगी खोना पसंद करोगे, करोगे क्या ?"

"मैं अपना जीवन व्यर्थ में नहीं गंवाना चाहता।"

"ओह, क्या तुम सोचते हो हम व्यर्थ में लड़ रहे हैं।"

"इसका न देश के लिए कोई फायदा और न ही तुम्हारे लिए। इसमें कोई तुक नहीं है।"

"देश द्रोही ।

एक सैनिक ने मुझ पर प्रहार करने की कोशिश की। मैंने बचाव किया और उसका मुक्का सारंगी पर लगा जो अपने कंधे पर लटकाई हुई थी।

"यह क्या है, वह चिल्लाया तुम ऐसी चीज़ के साथ हमें बेवकूफ बना रहे हो।"

"मैं गुप्त संकेत के लिए इसका उपयोग करता था।" मैं जवाब में चीखा।

वक्त बीता जा रहा था। मैंने एक बार फिर कैप्टेन से कहा, "श्रीमन, आप इन सब लोगों की जान के जिम्मेदार हैं।" मैंने उसे स्पष्ट शब्दों में कहा, "अगर ये लोग बेकार में मरे तो क्या आप इल्जाम स्वीकार कर लेंगे। क्या आप अपने देश और इनके परिवारों के सामने स्पष्टीकरण दे सकेंगे।"

कैप्टेन ने अपनी सांस रोकी जैसे उसके चेहरे पर तमाचा लगा हो। कुछ क्षणों के लिए वह हतप्रभ हो गया फिर मुड़ा और बोला, "अच्छा सिर्फ गिनती के लिए देखो सब लोग क्या सोचते हैं।"

उसके आदेश पर लोग दूसरी गुफा के दरवाज़े के पास पंक्ति में खड़े हो गए। मेरे पास सिर्फ एक रक्षक रह गया था।

मैंने अपनी घड़ी देखी सिर्फ दस मिनट बाकी थे।

मैं बेसब्र और परेशान हो उठा। दूसरी गुफा में जोरों की आवाज़ें आ रही थीं। मैं अंदर की तरफ चीखा, "मेहरबानी करके निर्णय पांच मिनट में तय कर लो!" मेरी देखरेख करने वाले फौजी ने कहा, "देखो क्या बनता है, खैर..." वह बहुत परेशान दीख रहा था फिर वह कहने लगा जैसे वह खुद से बुदबुदा रहा हो बहुत से घायल लोग गुफा में हैं और वे सब कहते हैं कि वे इससे छुटकारा चाहते हैं।

कैप्टेन सवाल पूछते और लोगों का जबाब में जोरों से बोलना मैं सुन सकता था। कुछ मिनट बाद वे उत्तेजना की स्थिति में लौट आए। साफ था कि वे अपनी बात पर अड़े हुए थे। अगर मैं उनसे चुपचाप एक घंटे या कुछ देर बात करता तो मैं उनमें से कुछ के दिमाग बदल सकता था। लेकिन इस तरह के तनाव में कुछ नहीं किया जा सकता था। अब सचमुच पांच मिनट बाकी थे।

अपनी आंखें मुझ पर टिकाए, कैप्टेन ने ऊंची आवाज़ में घोषणा की, "यहां का हर आदमी अपनी स्थिति की रक्षा के लिए मरने तक कटिबद्ध है।" जवाब मेरे वश का नहीं था। मैं अपने सिर की नसों में बहते रक्त की सरसराहट महसूस कर सिर्फ इतना ही कर सकता था कि ब्रितानी अफसर से कुछ और वक्त मांगता।

जैसे ही मैं द्वार पर पहुंचा कुछ अपमानजनक शब्द मेरे पीछे फेंके गए, "कमजोर कीड़े कायर। जाओ अपनी चमड़ी बचाओ।"

लेकिन उनकी आवाज़ों में करुणा थी वे प्रायः लोगों की कड़वी और ईर्ष्या भरी गालियां थी। जो ऐसे आदमी की तरफ फेंकी गयीं थीं जो जीवित रहने जा रहा था।

मैं गुस्से में दौड़ा और जोर से चीखा, "मैं कायर नहीं हूं।"

"फिर तुम अपने को ऐसा क्यों छोड़ रहे हो।"

"क्या जिंदगी तुम्हें इतनी ही प्यारी है ?"

मैंने पीछे मुड़कर देखा वे अपनी बंदूकें पकड़े बुरी तरह भीड़ लगाए खड़े थे। मैं वहां जाऊंगा और मरने वालों में पहला आदमी हूंगा। मेरे मरने के बाद तुम आत्मसमर्पण कर लेना। तब खुद ही देख लोगे कि मैं कितना कायर था।

मैं गुफा से कूद पड़ा और एक पेड़ के ठूंठ से टकरा कर चट्टानी चोटी और ब्रितानी क्षेत्र के बीच अधिकारहीन क्षेत्र में जा गिरा। अपना एक पांव पेड़ के गोले से टिका। मैंने अपने घुटने के साथ सारंगी टिकाई और बजाना शुरू कर दिया।

एक मिनट बाद ब्रितानी फौजों ने गोलाबारी शुरू कर दी। चोटी पर स्थित जापानियों ने जवाब दिया। बारूद का धुआं मेरे नासापुटों में भर गया। जल्दी

ही मुझे एक घनी धुंध ने लपेट लिया। इसके बीच आधा सुन्न-सा मैं अपनी सारंगी बजाने में लग गया।

गोलियों की आवाज़ें और फेंके गए गोलों के फटने की तीखी आवाज़ें बिल्कुल मेरे कान के पास गुजरतीं। खून जमा देने वाली तीखी तथा भयानक रूप से सुन्न कर देने वाली आवाज़ें मैंने सुनीं। चोटी का चट्टानी चेहरा इधर-उधर से टूटने लग गया था।

शुरू में खुद भी अपनी सारंगी की आवाज़ नहीं सुन सका परंतु थोड़ी देर बाद संगीत मेरे बहरे हुए कानों में घुसा। धीरे-धीरे वह तेज हुआ और जैसे- जैसे मैंने वह संगीत सुना मुझे महसूस हुआ जैसे मेरा शरीर और मेरी आत्मा अधम में तैर रही है। कम-से-कम सारंगी तो बज रही थी। वह इस तरह तेज और साफ कभी नहीं सुनाई दी थी। दमघोट चक्करदार धुएं की वजह से हवा भारी थी।

"गाओ", सारंगी के तारों को छेड़ते हुए मैं चीखा, संगीत ध्वनि बिखरती रहे जब तक तुम्हारी तारें नहीं टूट जातीं। शायद तुम्हारे रहने से हे संगीत, तुम्हारे देशवासी बच जाएं।

परंतु तभी जोर की आवाज़ के साथ सारंगी पर सजे फूल और लाल पंखों को बिखेरती एक गोली सारंगी पर लगी। सारंगी टूट चुकी थी।

"बस, अब मैं ही शेष हूं," मैं चिल्लाया।

मेरा काम पूरी तरह असफल ही रहा ! मैं खाली निराशा में खड़ा रहा। सारंगी मेरे हाथ पर झूल रही थी और तभी मैंने गदा जैसी किसी चीज़ की मार अपनी जांघ पर महसूस की। एक ऐसा प्रहार जिससे मैं पूरी तरह लुढ़क गया था। मैंने अपने पांवों से कूदने की कोशिश की, किंतु मैं फिर पीछे जा गिरा। मुझे अपनी टांग ठण्डी और चिपचिपी लगी और मैंने देखा कि वहां खून निकल रहा था।

जमीन पर लेट जाने के बाद मैं जान गया था कि मैं धीरे-धीरे चेतना खो रहा था। फिर भी मैं शांति और आराम महसूस कर रहा था। ऐसा लग रहा था जैसे अब मेरा किसी चीज़ से कोई ताल्लुक न हो। मुझमें डर या आतंक का कोई भाव नहीं था। उस दृश्य को देखते हुए मुझे याद आया जैसे सिनेमा का कोई दृश्य देख रहा हूं। एक सफेद झण्डा गुफा के द्वार पर झूलने लगा था। उसके बाद जापानी सैनिक बाहर निकलने लगे। ब्रितानी फौजों ने गोलाबारी बंद कर दी।

एक अजब आलस में मैंने आसपास की तरफ देखा। मुझे याद है सफेद

बादलों के गोलाकार गुच्छे शाम के नीले आसमान में तैर रहे थे। मुझे आसमान और चारों तरफ के पहाड़ अपनी तरफ भयानक तेजी से दौड़ते दिखाई दिए।

कुछ देर बाद मैंने लोगों को चट्टानों, पहाड़ की गुफाओं के सामने बाहर लाते देखा। मेरा दिमाग कुछ साफ होने लगा था। प्यास से मेरा गला जल रहा था। इसके बाद अपने नीचे पानी की आवाजें सुनाई दीं–बिना सोचे मैंने उस तरफ रेंगना शुरू कर दिया। अभी तक अपने घाव की पीड़ा महसूस नहीं की थी परंतु मेरा सारा शरीर अकड़ा हुआ था जैसे किसी ने मुझे लोहे की जंजीरों से कस दिया हो।

मैं तब तक रेंगता रहा जब तक मैं पहाड़ की तलहटी के एक सपाट के पत्थर तक नहीं पहुंच गया। मैं नीचे झरने की आवाज़ सुन सकता था। जैसे ही मैं आगे की तरफ झुका। सपाट खाली जगह के किनारे की ओर झुका। मैं गिर पड़ा और उसके बाद हर चीज़ वर्णहीन हो गयी।

जब मैं होश में आया तो एक आदिम किस्म की फूस की झोंपड़ी के अंदर खुशनुमा हवा की ठंडक में लेटा हुआ था। मेरे घावों पर सावधानी से पट्टियां बांधी हुई थीं। मैं एक मुलायम, चमड़े के बिछावन पर लेटा था जिसमें कोयल के पंख भरे हुए थे। जो लोग मेरी दवा कर रहे थे वे जंगली लोग थे।

अभी भी बर्मा की पहाड़ियों में अनेक तरह के जंगली कबीले हैं। उनमें से कुछ मनुष्य भक्षी या नरमुंडों का शिकार करने वाले थे। ऐसा लगता है कि जब मैं उस खाली जगह में, पत्थर के नीचे, अचेतनावस्था में पड़ा था तब ब्रितानी फौजें अपने जापानी कैदियों को पकड़ कर चली गई थीं। उसके बाद जंगली लोग वहां से गुजरे और उन्होंने मुझे बचाया।

इस कबीले के लोग तकरीबन पूरी तरह नंगे थे। उनके पूरे शरीर में गुदने गुदे हुए थे। और भिन्न-भिन्न डिजाइनों के चिह्न थे। उन्होंने अपने पांवों और हाथों में लोहे के कड़े पहने हुए थे। उनकी आंखें छोटी तथा होंठ मोटे और फटे पड़े थे। लेकिन वह बहुत ही विनम्र और अच्छे थे, तथा मुझे नुकसान पहुंचाने वाले नहीं दिखाई देते थे।

एक दिन गांव का मुखिया और उसकी लड़की मुझे देखने आए। मुखिया

लंबा तगड़ा विशालकाय था और उसका चेहरा सख्त कोयले की तरह काला था। उसने मेरी हालत का इतनी बारीकी से अध्ययन किया जैसे वह कोई डाक्टर हो जो किसी विशेष केस की परीक्षा कर रहा हो। तब उसने बूढ़े आदमी से शिकायत की कि मेरी अभी देखरेख होनी चाहिए। मैं अभी काफी दुबला था और यह सब उसकी लापरवाही की वजह से था। बूढ़े आदमी ने क्षमा याचना जाहिर की।

मैंने जल्दी ही बूढ़े की वकालत करते हुए कहा, "नहीं, वह मेरी देखरेख बहुत अच्छी तरह करता है। मेरा जीवन उसी का है।"

बूढ़े आदमी ने मेरा शरीर थपथपाया। ताकि अपने मुखिया को बता सके कि मैं कितना मुटा गया था। उसकी लड़की ने मेरे घाव की देखरेख की। जंगली लोगों के बीच वह एक असाधारण संकोचशील प्यारी लड़की थी। अधभरे घाव में जड़ी बूटी लगाते हुए वह बार-बार चीत्कार करती और मेरे लिए बहुत दुःखी होती।

मैंने उसके लिए सारंगी पर एक धुन बजायी। मैं अभी इतना कमजोर था कि सारंगी बजाते हुए भी मुझे सांस लेने के लिए रुकना पड़ता। मुखिया की लड़की बहुत ज्यादा सहानुभूतिशील थी और सारंगी ऐसे सुनती थी जैसे वह गहराई से मोहित हुई हो। जल्दी ही उसने अपनी आंखें मुझ पर टिका दीं और उसकी आंखों से आंसू बहने लगे। वह इतनी चिंतित लगी जैसे मैं मौत के मुहाने पर खड़ा हूं। "क्या तुम सोचती हो, मैं मरने वाला हूं।" मैंने उससे कहा, "मेरी तरफ देखो।" मैंने अपनी गोल और चमकीली आंखें फैलायीं। फिर मैंने बैठने की कोशिश की लेकिन उतनी अधिक ताकत मेरे पांवों में नहीं थी। और मैं फिर पंखों से भरे बिछावन पर जा गिरा। लड़की अपनी आंखों के आंसुओं से दबी जा रही थी।

जब मुखिया जाने वाला था, मैं झुका और मैंने उसकी मेहरबानी के लिए धन्यवाद किया। वह हंसा और अपने टेढ़े-मेढ़े दांत दिखाने के बाद उसने स्वीकार में सिर हिलाया। और उसने कटी हुई सुपारी मुझे दी। 'इसे चख कर देखो।' वे असभ्य स्वभाव वाले विनम्र लोग थे। मैंने सोचा।

उन्होंने मेरी इतनी अच्छी देखभाल की थी कि मैं जल्दी ही ठीक हो गया। शुक्ल पक्ष का चंद्रमा फूस की झोंपड़ी के सिरों पर दिन-ब-दिन बढ़ता दिखाई देता, चांदनी की चमक के साथ-साथ गांव में भी उमंग, नयी उमंग और उत्साह दिखाई देने लगा था।

कोई उत्सव आ रहा है मैंने अंदाजा लगाया। एक रात जब चांद करीब-

करीब पूरा निकला हुआ था, बाहर गांव में खूब चहल-पहल थी, बूढ़ा मेरे लिए स्वादिष्ट भोजन लेकर आया, जिसमें एक पूरा भुना हुआ मुर्गा भी था। मैंने उतना स्वादिष्ट भोजन कभी नहीं खाया था, और इस तरह का तो तब से नहीं जब से युद्ध ज्वार हमारे विपरीत पड़ना जारी हो गया था। मैंने आभार प्रकट करते हुए बूढ़े का हाथ अपने हाथ में लिया। उसने मेरा सुंदर मांसल शरीर को थपथपाते हुए उत्तर दिया।

उसके बाद हमने कुछ देर बातें कीं। यह निश्चित थो कि हमारा वार्तालाप चेहरे की भिन्न मुद्राओं के साथ कुछ बर्मी शब्दों में हुआ था। अब तक हम एक-दूसरे के साथ वार्तालाप में काफी कुशल हो गए थे।

"मुझे खुशी है कि तुम इतने स्वस्थ हो," उसने कहा, "तुम ज्यादा खुशी में बांसुरी बजा रहे थे।"

"शुक्रिया !" मैंने झुक कर कहा।

"तुमने जो-जो मैं लाता रहा खाया इसलिए मेरा काम आसान कर दिया। दूसरे कैदियों ने खाने से इनकार करके काफी दिक्कतें पैदा कीं।"

"मैं अब पहले से भी ज्यादा शक्तिशाली महसूस करता हूं, मैं तुम्हारी इस मेहरबानी देने का कोई प्रतिदान देने की इच्छा रखता हूं।"

बूढ़ें आदमी ने मेरी गर्दन पर सावधानी से चिकोटी काटी और बोला, "अब तो सबके लिए काफी होगा।"

"क्या?"

"और गांव का हर आदमी एक टुकड़ा भी ले वह भी काफी होगा।"

"तुम्हारा मतलब है तुम मुझे खाने जा रहे हो।"

"हां," निश्चित बूढ़ा आदमी अपने झुर्रीदार चेहरे पर मुस्कान उगाते हुए बोला, "मैं तुम्हारा शुक्रगुजार हूं कि तुम इतने अच्छे और मोटे निकल आए।"

अपने फूले हुए शरीर की तरफ जो कसरत के अभाव में ज्यादा कोमल हो गया था देखकर सोचा यह कैसी स्थिति है। तो यह नरभक्षियों का गांव था और मैंने उस सब भोजन के साथ उनके लिए खुद को मोटा हो जाने दिया?

मैंने बूढ़े आदमी से उसके कबीले का नाम पूछा और उसने बताया कि वे खासिन थे। मैंने खासिन लोगों के बारे में सुना हुआ था। वे लगभग ढाई लाख आबादी वाले थे। वे नरमुंडों का शिकार करने वाले नरभक्षी थे। जब वे किसी आदमी को पकड़ लेते हैं तो वे उसे आग के पास रख देते हैं। और उसका पसीना चूने देते हैं। और तब वे उसके पसीने को पकौड़ियों में सोखते हैं। जिन्हें वे खाते हैं। बाद में वे उस आदमी को ही पका देते हैं।

वे नरभक्षी थे, किंतु वे अविवेक से लोगों को नहीं मारते, वे तो जब जादू क्रिया के लिए जरूरी समझते हैं तब ही ऐसा करते हैं। वे निरंतर अदृश्य आत्माओं, जो उनका विश्वास है हमेशा उनके चारों तरफ हैं, के आतंक में रहते हैं। जब वे अधिक फसल के लिए प्रार्थना करते हैं तो आत्माओं को प्रमुदित करने की कोशिश में वे उन्हें कोई मूल्यवान चीज़ भेंट करना चाहते हैं–मनुष्य का सिर। वे अपने उस शिकार का मांस इसलिए खाते हैं क्योंकि उन्हें उम्मीद है कि उसकी शक्ति उनमें आ जाती है। और इससे प्रेतात्माओं के मुकाबले में समर्थ हो जाते हैं। परिणामस्वरूप खासिन केवल पकी फसल के आसपास के दिन ही खतरनाक होते हैं। जब वह वक्त बीत जाता है। तब वे साधारण और अच्छे व्यवहार वाले हो जाते हैं।

बर्मा में हर जगह लोग प्रेतात्माओं में विश्वास करते हैं। वे प्रेतात्माएं पेड़ों, चट्टानों और दूसरी प्राकृतिक चीज़ों पर निवास करती हैं और अगर वे आपको प्यार करती हैं तो आप भाग्यशाली होंगे, परंतु अगर आप उन्हें नाराज करेंगे तो आप भयानक विपत्ति के शिकार होंगे। सब बर्मी यहां तक कि बुद्धिजीवी भी प्रेतात्माओं की पूजा करते हैं। मैंने अक्सर लोगों को भेंट चढ़ाते या उत्सव मनाते देखा है। ये जंगली लोग भी उनकी पूजा करते हैं। उनके लिए उन्होंने कई मंदिर भी बनाए हैं।

"मुझे कब खाना है !" मैंने बूढ़े आदमी से पूछा।

"उत्सव कल है।"

इस वक्त अभी से खाना छोड़ने से कोई फायदा नहीं था। इसलिए मैंने मुर्गा खाया। परंतु फिर भी मुझे अपना मुंह सूखा महसूस हुआ, मुर्गा मुझे बेस्वाद लगा। बूढ़ा आदमी शौक से मेरा शरीर देखता रहा।

मैं असाधारण रूप से शांत था। आखिर मैं साधारण और आदिम लोगों के बीच था। अपनी बुरी स्थिति को स्पष्ट देखते हुए मैंने सोच लिया था यह मेरे लिए हानिकारक भी हो सकता है। मैं अपनी सारंगी पर निर्भर था।

किसी भी क्षण मैं अपनी सारंगी का इस्तेमाल कर सकता था। जितनी देर तक मेरे पास यह आश्वासन रहा......मैं रात मजे में अपनी सारंगी को कस कर दबाए हुए सोता रहा।

दूसरी सुबह सूरज उगने पर मुझे पूरा नंगा कर, नदी के किनारे एक सपाट पत्थर तक ले जाया गया और सिर से पांव तक खूब रगड़कर मेरा शरीर धोया गया। इतनी तेजी से कि दर्द होने लगा। जल-स्नान से गांव वाले खुद भी पवित्र हुए। तब उन्होंने मुझे एक सुसज्जित पिंजड़े में रखा। जहां मैं अपनी सारंगी

पकड़े बैठा रहा। वे उस पिंजड़े को गांव के बीच में ले गए और उसे एक देवालय के सामने जमीन पर रख दिया।

देवालय एक छोटा-सा सरकंडों से छता हुआ था जो चारों ओर से बांस के बाड़े से घिरा हुआ था। भवन के आगे एक वेदी थी जिस पर बैल का सिर और बलि के रूप में चढ़ाई गई सामग्री दिखाई दे रही थी। लंबे-लंबे खंभों के ऊपरी सिरे एक-दूसरे से बंधे हुए थे।

उनका कोई जादुई महत्त्व था। देवस्थान के पास ही घने पत्तों वाला एक पेड़ था उसका हर हिस्सा, जड़ से लेकर शाखाओं तक, प्रेतात्माओं के कारण पवित्र था।

उत्सव शुरू हुआ। कबीले के लोगों ने कई तरह का बलि पूजन किया, तरह-तरह से जादुई मंत्र पढ़े और फिर हाथों में छुरे तथा भाले लेकर नाचना शुरू किया।

उन्होंने पंखयुक्त गोलाकार मुखौटे अपने सिरों पर पहने, उनके कान हड्डियों के कर्णफूलों से ढक गए थे। जो हथेलियों के बराबर बड़े थे। लंबी-लंबी लाइन बनाकर उन्होंने ज़ोरों से एक लय में गाना शुरू किया। अपने पांवों को सिकोड़ कर उठाकर और अपने कूल्हों को हिला-हिला कर धीरे-धीरे वे एक उन्माद नृत्य में रत हो गए। यदाकदा वे प्रेतात्माओं वाले पेड़ की तरफ मुड़ते, जैसे वे प्रार्थना कर रहे हों। फिर अपने सिर जमीन तक झुका कर जोर-जोर से कांपते हुए ऊपर उठ जाते थे। आखिर में उन्होंने मेरे पिंजड़े के चारों तरफ परिक्रमा करनी शुरू की। परिक्रमा के दौरान वे कभी गाते घूमते। उनकी छोटी खुखरियों और भाले लय के साथ मेरी आंखों के सामने चमक रहे थे। वे करीब-करीब मुझे बाहर खींच कर मारने वाले ही थे। अब समय है–यह सोचते हुए चुपचाप सारंगी उठा मैंने बजाना शुरू किया। मुझे पूरा विश्वास था जब तक मेरे पास सारंगी है, जीत सकता हूं, मैंने सोचा। टांग पर टांग धरे, सुपारी चबाते हुए और मुस्कराते हुए मैंने सभी अच्छे गीत, खुशी और दर्द के जितने भी मुझे याद थे मैंने अपनी सारंगी पर बजाए।

यह सब बेकाम साबित हुआ। जंगली लोग मेरे संगीत से विनम्र नहीं हुए। चाहे मैंने जितनी भी मुश्किल से बजाया हो और चाहे जैसी भी आकर्षक धुन क्यों न हो, उन लोगों पर कोई असर नहीं हुआ, खासतौर से जैसी कि मुझे आशा थी। इसके बजने पर उन्होंने अपने भाले और अपनी खुखरियां जोर-शोर से मेरी तरफ हिलायी। सारंगी बजने के वक्त वे साथ-साथ नाचते रहे और एक निपट बेसुधपने में प्रेतात्माओं से प्रार्थना करते रहे। वह एक अरुचिकर प्रदर्शन था।

बहुत पहले से उन्होंने एक जगह पर जंगली लकड़ी का ढेर लगाया हुआ था। फिर उन्होंने मुझे उस आग के पास रख दिया। इस सारे दौरान मैं सारंगी बजाता रहा, और उन्हें बदलने की कोशिश करता रहा। परंतु यह सब बेमतलब था।

आग इतनी गर्म थी कि मैं उसे मुश्किल से सह सकता था। पसीना बहुत आने लगा था। मुझे यह महसूस हुआ जैसे मेरा सारा शरीर पसीने में डूब जाएगा। यहां तक कि मेरे बाल भी भीग गए थे।

जंगली लोग एक गोलाकार में मेरे चारों तरफ जमा हो गए थे, हर एक के हाथ में एक पकौड़ी थी। वे उस पकौड़ी को मेरे शरीर से रगड़ कर और हवा में उसे सुखा कर, उन पकौड़ियों को पूजन के ढंग से सिर तक उठाते और खा जाते थे। नजदीक ही कुछ लोग अपने चाकुओं, खुखरियों को पैना कर रहे थे।

मैं निराश था। पसीना बहे जा रहा था। गर्मी बहुत तीखी थी। जल्दी ही वे मुझे भोजन के रूप में इस्तेमाल करने वाले थे। मैं अपने खतरे को उनकी नज़रों में मामूली समझने पर बहुत दुःखी था।

तब अचानक हवा बहने लगी। आग की लपटें हवा की वजह से करीब-करीब जलाती हुई मुझे घेरने लगी, कबीले के लोग मुझे पानी देते रहे और मैं पसीना बहाता रहा। हवा तेज होती गयी जैसे हवा पेड़ों से टकरा कर शोर करती रही वैसे-वैसे पेड़ों की पत्तियां उड़-उड़ कर मेरे नंगे जिस्म पर गिरती रहीं।

मैं व्याकुल और इतना प्यासा हो गया कि मैं पानी के लिए चिल्लाया। अब उन्होंने पानी देने से इनकार कर दिया था। और पकौड़ियां मेरे शरीर पर रगड़ना भी उन्होंने बंद कर दिया था। अतः यह अंत है। मैंने यह सोच कर अपनी आंखें बंद कर लीं। थोड़ी देर बाद जब मैंने अपनी आंखें खोलीं तो मैं यह देखकर आश्चर्यचकित रह गया था कि सब व्यग्र होकर इधर-उधर देख रहे हैं। वे विशाल प्रेत-वृक्ष को देख रहे थे। विशाल प्रेत-वृक्ष जो हिल रहा था और हवा में विलाप कर रहा था।

हवा के दूसरे झोंके ने पेड़ को बुरी तरह कंपा दिया। कबीले वासियों ने अपने कान ढंक लिए और जमीन पर दण्डवत लेट गए जिस तरफ पेड़ झुक रहा था। और उस तरफ भी जहां से असंभावित आक्रमण का संदेह था क्योंकि पेड़ गुस्से में था, वे डरे कि उन्होंने प्रेतात्माओं को नाराज कर दिया है।

वह मेरा मौका था। पांव पीछे कर वहां बैठे अभी मैं सारंगी पकड़े हुए

था मैंने उत्सव धर्मी संगीत बजाना आरंभ किया। वही संगीत जो बर्मी लोग प्रेतात्माओं की पूजा के वक्त बजाते हैं। जैसे मैं बजाता गया मैं चिल्लाया "प्रेत"। जब फिर हवा दुबारा चीखी मैंने डरावनी आवाज़ें सारंगी के तारों पर पैदा कीं। कबीले के लोग आतंक में चिल्लाए।

मैंने प्रेत-प्रेत चिल्लाना जारी रखा। और बकवास किस्म का मर्मभेदी चीत्कार करता रहा। तब मैंने तारों से ऐसी झंकारें निकालनी आरंभ कीं जैसे प्रेतात्मा नीचे उतर रही हो। और अट्टहास कर रही हो या गुस्से में आक्रमण कर रही हो। विशाल पेड़ एक तरफ से दूसरी तरफ झूमता रहा। लोग विलासपूर्ण लंबा चीत्कार करने लगे और डरने लगे। पेड़ के साथ हिलने की गति के साथ- साथ मैं मेहनत करके सारंगी बजा रहा था।

धीरे-धीरे कबीले के लोग खिसकने लगे। और अपने चेहरे छुपाने लगे। किंतु अंत में वे डरते हुए मेरे पास रेंगते हुए आए। फिर उन्होंने मेरे बंधन खोले। मैं अपने पांवों पर खड़ा हुआ और मैंने अपने को पर्याप्त गौरवमय प्रदर्शित किया तथा मुखिया की बगल में बैठने चल दिया।

हवा अभी बह रही थी इसलिए मैंने प्रेतात्मा की शांति के लिए मंद स्वर में बजाना आरंभ किया। आखिर में कबीले के लोग शांत हुए।

उसके बाद एक जीवंत भोज, उस चांदनी रात में आरंभ हुआ। हवा एक ठंडी ताजगी भरी खुशबू में बदल गयी और उसके बाद तुषार भीगी चमकदार हवा चलने लगी।

मुखिया ने भर-भर कर भैंस की सींग के प्याले से पीना शुरू किया और मुझसे भी पीने का आग्रह किया। कबीले के रिवाजों के मुताबिक इससे इनकार करना अपमान होता और दंड में मृत्यु मिलती। वहां खुखरी, भाले और बंदूकें चारों ओर थीं। क्योंकि मैं उन्हें नाराज नहीं करना चाहता था, मैंने उनकी शराब स्वीकार की और सावधानी से पीने की कोशिश की। परंतु अंत में मैं बुरी तरह नशे में डूब गया। हर चीज़ फिसलती हुई दीखी और सब कुछ मेरी आंखों के आगे नाचती दिखाई दी।

मुखिया बेहद खुशी में था वह गा रहा था और लोलुप की भांति खाने में मस्त था। परंतु अचानक उसने सींग जैसा प्याला जमीन पर टिकाया, और अपना चेहरा झुका कर मेरे पास किया।

"तुम", अपने दांतों को पीसते हुए वह गुर्राया–"तुम मेरी लड़की से शादी करो" उसने अपनी खूनी आंखें झपकायीं और बोला, "नहीं तो मैं तुम्हारा सिर काट डालूंगा।"

जब कैप्टेन ने ये पंक्तियां पढ़ीं, हम हंसे बिना न रहे। मिज़ूशिमा जैसे गंभीर आदमी के लिए यह कैसी समस्या ?

"मैं होता तो उस नरभक्षी की लड़की से खुशी-खुशी शादी कर लेता।"

कैप्टेन भी हंसा और पढ़ता गया।

मैं हतप्रभ रह गया। मैं उस शर्मीली लड़की को, आंखें झुकाए वहीं बैठे देख सकता था।

बहुत गंभीर दीखते हुए मुखिया उठा और उसने अपना हाथ मेरे हाथ में दिया और एक अपनी लड़की के हाथ में। वह कबीले के लोगों के सामने था और उसने अपना गंभीर भाषण आरंभ कर दिया। वह इस तरह बोला जैसा हम पहले ही वाक्यदान कर चुके हों।

प्रजाजनों में आज बेमजा भोजन के लिए आप लोगों से क्षमायाचना करता हूं। और उत्सव की हर कमी के लिए भी अब....यह वर बहुत अच्छा नौजवान है, अगर मैं आप लोगों को आज की रात इसके मांस का एक-एक टुकड़ा भी दे सकता तो हम लोगों की लड़ने की क्षमता पर विलक्षण असर पड़ता। जैसे भी हो तुम लोगों ने देखा कि इस नौजवान में प्रेतात्माओं से बात करने की शक्ति है। अगर हम इसे मार दें तो प्रेतात्मा क्या कर डाले और इसीलिए मुखिया होने के नाते, मैंने गांव की भलाई के लिए ही यह रास्ता चुना है कि यह शक्ति अपने कबीले में मिलाने की खातिर...

भीड़ ने उत्साह में खुशी जाहिर की।

मैं अजीब सी उलझन में फंस गया–अब तक मैं जड़ रूप से नम्र था मैं कुछ भी नहीं कर सकता था हर दूल्हे कौ तरह नीची निगाह किए मैंने अपने को भाग्य पर छोड़ दिया।

लेकिन तभी मुखिया कुछ फुसफुसाया, "एक भी नहीं।"

मुखिया की त्योरियां चढ़ गयीं वह गुस्से में फुसफुसाया यह वक्त मजाक का नहीं है। दस ? बीस ? यदि कम हुए तो लोगों के सामने मेरी इज्जत कम हो जाएगी तुम थोड़ा बढ़ा-चढ़ा कर बोल सकते हो। चलो जल्दी बोलो कितने ?

बहुत अच्छा, मैंने सोचा आखिरकार मुझे इसकी लड़की से शादी नहीं करनी है। तब मैंने जानबूझ कर एक जोरदार आवाज़ में, ताकि सब लोग सुन सकें कहा, "कभी नहीं, अपनी जिंदगी में मैंने एक भी नरमुंड का शिकार नहीं किया।"

मुखिया विफर उठा उसने अपने बाल नोचे। चिल्लाते हुए पांवों को जमीन पर मारा, "कभी नहीं। एक भी नहीं ? मैं अपनी लड़की मेरुदंडहीन कायर को

नहीं दे सकता मैं सोचता हूं हम तुम्हें खा जाएंगे।"

परंतु उसकी लड़की ने अपने हाथों से उसे रोका और मेरे जीवन की भीख मांगी।

उस रूप में वह उत्सव खत्म हुआ। बाद में खासिन लोगों ने मुझे छोड़ दिया। जब मैं वहां से चला तो सारा गांव मुझे विदाई देने आया। मुखिया की लड़की ने मेरे जाने का सबसे ज्यादा दुःख प्रकट किया। उसने मुझे बर्मी भिक्षु के वस्त्र पहनाए, यह कहते हुए कि मैं जहां भी जाऊंगा मुझे कोई तकलीफ नहीं होगी। उसने मुझे धातु का ताबीज भी दिया, जिस पर सूत्रों के पद खुदे हुए थे। मैंने सोचा कि यह सिर्फ निशानी है, किंतु दरअसल वह ऊंचे किस्म के भिक्षु का बिल्ला था। इस ताबीज की कृपा से बाद में मैं हर तरह की सुविधा भोग सका।

'मुडान की तरफ' मेरे अंदर की एक आवाज़ आयी। इसलिए मैं जल्दी-जल्दी चला। गांव के बाहर पथरीली ढलान पर आते हुए मैंने पीछे मुड़ कर दूर तक मुखिया की लड़की का चेहरा देखा। वह प्रेतात्मा के मंदिर में प्रार्थना कर रही थी।

मुडान जाने का ठीक रास्ता मुझे मालूम नहीं था, मैं सिर्फ पहाड़ों और (घाटियों के रास्ते दक्षिण की ओर चलता रहा। मैं मैदानी इलाके के उस भाग में आया जहां गांवों के चिह्न थे।

मुझे लगता था जैसे मैं हमेशा शांत, किंतु नीरस चावल के खेतों के रास्ते हमेशा चलता रहूंगा। यह जंगली कबीले का इलाका नहीं था। परंतु एक पुरानी किंतु ऊंची सभ्यता का इलाका था, इधर-उधर किसान भैंसों से खेत जोत रहे थे। जब भैंसे खेतों में जुते होते तब लंबे पंखों के सफेद पाखी नीचे उड़ते हुए उनकी पीठ और सींगों पर बैठ जाते। परंतु वे हमेशा फिर डर कर उड़ जाते। जब वे खेत के आखिरी कोने पर पहुंच जाते तब किसान हल को मोड़ लेता है।

एक बार जब मैं चला जा रहा था, हवा बहने लगी और आसमान काले बादलों से भर गया। बगुले उस हवा में पंख नीचे किए उड़ रहे थे। जल्दी ही बारिश शुरू हो गयी, बर्मी वर्षा बहुत भयानक होती है। इससे पहले कि मैं कुछ

समझ पाता मैं तेज बौछारों के बीच घिर गया। मैं सांस भी मुश्किल से ले पा रहा था मुझे महसूस हो रहा था जैसे मैं तैर रहा हूं।

कुछ देर बाद बारिश बंद हुई और आसमान साफ हुआ। धरती का वह दृश्य साफ-साफ चमकने लगा। एक बड़ा इंद्रधनुष आसमान के आर-पार टंग गया। हवा खत्म हो गयी जैसे कोई पर्दा हट गया हो, और वहां इंद्रधनुष के नीचे किसान फिर खेत जोत रहे थे और गा रहे थे।

उन गांवों में जिस भी घर के आगे मैं प्रार्थना मुद्रा में खड़ा हुआ उन्होंने मुझे उदारता पूर्वक भिक्षा दान दिया। कभी मंदिरों में ठहरा। मंदिरों में मेरा इतनी गर्मजोशी से स्वागत किया जाता, उस ताबीज की वजह से, कि मैं परेशानी में पड़ जाता। क्योंकि मुझे वहां के व्यावहारिक रस्मों रिवाज और शिष्टाचार का पता नहीं था।

फिर भी इस देश में अनेक तरह के बौद्ध भिक्षु होते हैं। वहां वे भी हैं जो जब तक जीवित हैं बिना एक शब्द बोले भी उपासना में निमग्न हैं, या वर्षों तक पेड़ों से लटके हुए या जान बूझकर पागल बने हुए–या किसी भी तरह से अपनी इंद्रियां वश में करने के लिए, किसी भी विलक्षण साधना में निमग्न रहते हैं। वे निर्वाण के लिए हर तरह की कठिनाइयां सह लेंगे। कुछ तो आधे नंगे रहते हैं। वे कुछ आधे नंगे हिमालय के बर्फीले इलाकों में रहते हैं। यह सचमुच आश्चर्यजनक है कि दक्षिणी प्रदेश के ये लोग कितनी ईमानदारी से अपने आपको सांसारिक अस्तित्व के बंधनों से मुक्त करने और निर्वाण पाने के लिए संघर्ष करते हैं। जहां-जहां मैं गया, अधिकतर साधु के रूप में गया यह जानते हुए जैसे धार्मिक आत्म संयम का अभ्यास कर रहा हूं। फिर यह भी बर्मी लोग अजनबी के कामों में दखल नहीं देते और एक आदमी भिक्षु के वेश में तो हर जगह बिना किसी संदेह के जा सकता है।

फिर भी, मेरे साथ कुछ बुरे क्षण भी घटे।

एक बार मैंने एक ऐसे गांव में प्रवेश किया जहां घंटों, ढोलों और सारंगियों की आवाज़ें गूंज रही थीं। जैसे ही शाम हुई सब ग्राम वासियों ने अच्छी-अच्छी लुंगियों को पहन, अपने बालों में फूल ठोंसे और अपने घरों से जल्दी बाहर निकल आए।

वहां एक नृत्य नाटक फ्यू जिसे कहते थे—का प्रदर्शन होना था। ऐसे मौके पर भड़कीली सजावट वाली युवतियां सुबह तक नाचती हैं, संगीत की धुनों के साथ नृत्य प्रस्तुत करती हैं। नृत्यों को भिन्न-भिन्न मुद्राओं में प्रस्तुत कर शरीर के नृत्यमय लचीलेपन प्रस्तुत करती हैं। नृत्यों के बीच के अंतराल में नाटक खेले

जाते हैं। फ्यू शताब्दियों से अस्तित्ववान है। और मनोरंजन प्रिय बर्मी वासियों का लोकप्रिय मनोरंजन है।

"भिक्षु मेहरबानी करके हमारे फ्यू में आ जाइए," एक ग्रामवासी ने मुझसे कहा, मैंने विनम्रता से इनकार किया, उपासना के दिनों कोई मनोरंजन नहीं...कोई और आदमी मेरे पास आया और बोला, "वहां शव यात्रा भी है," मेहरबानी करके आइए।

इस वक्त मेरे लिए इनकार करना मुश्किल था, गांव के बाहर खाली जगह पर मुझे ले जाया गया। मैंने देखा कि वहां पहले ही फ्यू नृत्य चल रहा था। हल्की उजास में युवतियां गा रही थीं। और अपनी उन्हीं मुद्राओं में बार-बार नृत्य कर रही थीं।

मेरे लिए जो नियत जगह थी, मैं वहीं बैठ गया। उस तरह के शोर-शराबे और खुशी के वातावरण में शव यात्रा की बात अजीब लग रही थी, परंतु मैं इसकी पूछताछ नहीं कर सका, और भी बर्मी भिक्षु वहां बैठे हुए थे। मैं उनके पीछे बैठा था और जो वे कर रहे थे, मैंने उसी का अनुकरण किया।

फ्यू ज्यादा-से-ज्यादा जीवंत होता गया। और दर्शक पूरे रूप में से उसका मजा लेते रहे। जल्दी-जल्दी ही वहां एक सुसज्जित नाव प्रकट हुई जिसे नर्तकियों के निकट कुछ मुस्कराते हुए आदमियों की टोली लगी थी। नौका में एक मीनार जैसा आकार, सिर से पांव तक सुनहरे कागजों, गुड़ियाओं, हाथियों और चमकीले इत्रदानों से सजा हुआ था।

इसके बाद नौका जैसे छकड़े पर आग लगा दी गयी। रंगीन कागजों से रंगीन आतिशबाजी डूबते हुए सूरज की लालिमायुक्त बादलों तक उड़ती चली गयी। हर एक ने खुशी में उस दृश्य की प्रशंसा की।

उस जलती हुई मीनार के नीचे एक नाटक शुरू हुआ। एक पंखों वाली आत्मा प्रकट हुई उसने कमल फूल से एक राजकुमारी खींची और उस राजकुमार को जादू सिखाया। वह राजकुमारी को खोज रहा था। और इसी तरह कुछ-कुछ नाटक में था। मुझे वह देखकर बच्चों के मूक अभिनय वाले नाटक याद आए।

मैं चिंता कर रहा था कि शव-यात्रा कब शुरू होगी। अभी अगर कुछ पूछता तो मैं अपने असली रूप की पोल खोल देता इसलिए मैं सिर्फ दूसरे भिक्षुओं का अनुसरण करता रहा जो मेरे आगे बैठे थे। अपने हाथों को प्रार्थना की मुद्रा में जोड़े, मुंह ही मुंह अपनी सांस में कुछ बोलते हुए मैं बैठा रहा।

बाद में जब पूरी मीनार जल गयी, लोगों ने नाव के बीच से राख जमा की और वहां हर तरह के गहने फेंके। उसके बाद एक आदमी ने हर भिक्षु के

हाथ में लंबी-लंबी दो खाने की तीलियां दीं। जिनसे बर्मी, जापानी लोग खाना खाते थे।

"मेहरबानी करके आइए उसने हमें आगे का रास्ता दिखाया।" मैंने दूसरे भिक्षु का अनुकरण किया।

जहां राख अवशेष जमा थे। वहां मैं देख सकता था वे जली हुई बक्सेनुमा चीज़ जिनके अंदर सोने-चांदी के आभूषण और सुगंधित फूल भरे थे। अब वहां नयी जली हुई मानव-लाश की हड्डियां थीं। वह प्रमुदित करने वाला उत्सव और वह नौकानुमा चीज़ दरअसल चिता थी। कुछ प्रार्थना करने के बाद मैंने तीलीनुमा चिमटियों से कुछ हड्डियां बाहर निकालीं।

पास ही जीवंत प्यू चल रहा था सारी नर्तकियां अपने हाथ उठा रही थीं। अपने लचीले शरीरों को लचका रही थीं तथा बार-बार रसमय किंतु आनंददायी धुन बज रही थी। यह एक संगीत नाट्य की धुन थी वाद्य के तारों की और ढोलनुमा वाद्य-यंत्रों की आवाज़ उस शाम की हवा में घुलमिल रही थी और अंतहीन रूप में समग्र ग्राम क्षेत्र के कोने की तरफ फैल रही थी। वह नृत्य और वह शवयात्रा दोनों बराबर आनंददायी लग रहे थे।

मैंने बाद में जाना कि बर्मी लोग मृत्यु से डरते नहीं हैं। मानव मात्र की मृत्यु निश्चित है, और मृत्यु एक तरह से सांसारिक ऐंद्रिक चेतनाओं से जीवन के मूल स्रोत की ओर लौटना है। बर्मा में जब कोई आदमी मर रहा होता है तो सब उसके चारों ओर खड़े होकर उसके सत्कर्मों के बारे में बताते हैं। इस बात का विश्वास रखते हुए कि भगवान बुद्ध उसे अच्छे लौ की तरफ ले जाएंगे। और इसीलिए वह शवयात्रा एक खुशनुमा विदाई समारोह था।

जब मैं भस्म के बीच से हड्डियां उठा रहा था किसी ने मेरा ताबीज देख लिया था। क्योंकि इतने बड़े स्तर का भिक्षु कभी-कभी ही गांव में दिखाई देता था मुझे आदर के साथ ऊंचे आसन पर ले जाया गया और मुझसे कुछ सूत्रों का पाठ करने को कहा गया।

दूसरी विपरीत स्थिति थी यह। फिर भी मैं किसी तरह से उन्हें धोखा देने में सफल हो गया। उस पुरानी तरकीब से जो ऐसी स्थिति में काम आयी थी अचानक मैंने अपने पांव एक दूसरे के पांव के ऊपर पद्मासन की मुद्रा में रखे और समाधि की मुद्रा बनाई। प्राणायाम कर लंबी सांस खींची और वहां गतिहीन सांस रोके गहरे मनोमंथन में डूब गया।

कुछ देर बाद मैं उसी मुद्रा में रहा, बहरा, गूंगा और अंधा सा। गांव वालों ने सोचा होगा कि पवित्र भिक्षु किसी किस्म की साधना में निमग्न हो गया है

तथा किसी पवित्र विचार में निमग्न होकर दूसरे लोक में पहुंच गया। वे मुझे अकेला छोड़ कर चले गए।

आप जहां भी जाएं इससे कोई मतलब नहीं, बर्मी लोग खुश रहते हैं। वे हंसते हुए जीते और मरते हैं। अपने खेतों को जोतते हुए गाते, नाचते हुए, बिना किसी स्वार्थ और ईर्ष्या के बर्मी लोग इस लोक या परलोक की विपत्तियां भगवान बुद्ध पर छोड़ देते हैं।

बर्मा शांतिप्रिय देश है। गरीब और कमजोर भले ही हों, वहां संगीत का प्रवाह है। आत्मत्याग है। बुद्ध मूर्तियों और मूर्तियों की मुस्कान तथा खूबसूरत सूर्यास्त के दृश्य हैं।

मेरी एक मात्र चिंता दक्षिण की ओर जाने की थी। जितनी जल्दी हो सके मैं मुडान पहुंचूं।

बहुत बाद में मैं एक दूसरे पर्वतीय इलाके में आ गया। कई दर्रे पार करने के बाद मैंने पाया कि बीहड़ पहाड़ों से गुजर रहा हूं। वहां केवल मृत और जड़ वृक्ष देखे तथा पत्थरों के ऊपर चमकता-सा कुछ देखा है। उस रास्ते से मैंने एक भी आदमी नहीं देखा।

जब मैं एक रेतीली सड़क से चढ़ रहा था तब मैंने अपने पांव के नीचे एक बंदूक की गोली देखी। मैंने उसे उठाया और पहचाना वह जापानी किस्म की थी। और गोलियां और कारतूस चारों तरफ पड़े हुए थे।

वे कैसे यहां पहुंचे होंगे ? मैंने चारों तरफ देखा और आगे चढ़ता गया। ऊपर देख मैंने देखा कि पक्षियों के झुंड-के-झुंड नीचे गोलाकार रूप में उड़ रहे थे। मेरे कुछ ही आगे एक ढलवा जगह थी। कुछ काले पक्षी, बड़ी-बड़ी चोंच और पंखों वाले उस ढलान से उड़े। सूरज मंद-मंद चमक रहा था। वहां कोई भी आवाज़ नहीं थी।

आखिर में दर्रे की ऊपरी घाटी पर पहुंचा। वह एक वीरान घाटी थी जहां पेड़ या घास का तिनका भी नहीं था जब मैं वहां पहुंचा, मैं देखकर आतंक में अवसन्न रह गया।

घाटी की लाल चट्टानी छाया में करीब-करीब तीस आदमियों के और आधे दर्जन घोड़ों के शव थे। पूरी तरह से सूखे हुए शरीर, उनकी सफेद हड्डियां बाहर

दिखाई दे रही थीं। उनके साथ मशीनगनें, बंदूकों और चमड़े के पिट्ठू पड़े हुए थे। एक लोहे का टोप था, लुढ़कने से गिर कर रुका हुआ। हर चीज़ सीधी थी, लाल रेत में आधी डूबी हुई थी। मृत शरीर पड़े हुए थे, घास बहुत ज्यादा उगी हुई थी। जैसे ही मैं पास पहुंचा, एक पक्षी मेरे आगे, ठीक मेरी आंखों के आगे उड़ता चला गया।

यह जापानी सैनिकों का एक दल था जो या तो सीधी लड़ाई में या बम के प्रहार से खत्म हो गया था। अपने किसी भी साथी की जानकारी से परे वे यहां छूटे पड़े थे। मैंने सूखी लकड़ी की एक चिता बनायी और जलाकर उनके अवशेषों को दफनाना शुरू किया। परंतु यह काम एक दिन में खत्म होने वाला नहीं था। फिर मैं जल्दबाजी में भी था। मैं रात पास ही गांव में रहता, दिन में आता और काम करता। कुछ दिनों में मैंने काफी अवशेष जला दिए। पूरे काम में मुझे एक सप्ताह लग गया। जहां मैंने वे अवशेष दफनाए वहां एक कब्रगाह का चिह्न बनाया और अपने हाथ प्रार्थना में जोड़े। बिल्कुल अकेले मैंने, उन अभागे लोगों की शांति के लिए प्रार्थना की।

उसके बाद मैं फिर दक्षिण की ओर चला। मैं उस विस्तार में नहीं जाऊंगा मैंने क्या-क्या देखा। यह सब अविश्वसनीय रूप से भयानक था एक जापानी की हैसियत से, मृत सैनिकों का देशवासी होने के कारण इस सबके लिए मैं बहुत दुःखी था। दुःख से भी परे दुःखी।

एक बार मैं जंगल से गुजर रहा था बारिश इतने जोरों से बरसने लगी कि सड़क कीचड़ से भर गयी। मैंने एक टूटी हुई झोंपड़ी में शरण ली।

उस झोंपड़ी में एक मृत शरीर था जिसने जापानी सैनिक वस्त्र पहने हुए थे। शायद् कोई बीमार घायल सैनिक लड़ाई में पीछे छूट गया। शरीर कीड़ों और चींटियों के भरे होने के कारण काला पड़ गया था किंतु वह इतना ज्यादा नष्ट नहीं हुआ था। साफ था कि वह आदमी इस झोंपड़ी में काफी लंबे समय तक जीवित रहा। उसके पास ही एक फोटो पड़ा था जिसमें एक युवा बाप एक बच्चे का हाथ पकड़े हुए था। इसमें कोई शक नहीं कि वह वही आदमी और बच्चा था।

पानी चू रही उस झोंपड़ी में वह मृत शरीर जलाना नामुमकिन था इसलिए मैं वह शरीर अपने कंधे पर बाहर ले आया और मैंने जंगल की लकड़ियों में उसे दफना दिया। मैं असमंजस में पड़ गया कि उस तस्वीर का क्या करूं लेकिन आखिर में मैंने उसे भी मृत आदमी के साथ जमीन में दफना दिया। मुझे लगा जैसे वह आदमी उसे वैसे ही रूप में चाहता हो। मैं मान लेता हूं कि छोटे बच्चे

के पास भी वह तस्वीर उसकी दीवार पर टंगी हुई होगी। और अक्सर वह उसे देखता होगा जैसे वह जापान अपने घर में लौटने की, अपने पिता की राह देख रहा होगा।

उन जंगलों में इधर-उधर मैंने और भी मृत शरीर पाए, साफ था कि वे भागते हुए सैनिकों ने पीछे छोड़ दिए थे। दक्षिण बर्मा में एक सड़क है जिसे जापानी हड्डियों की सड़क कहते हैं। हाल में ही मैं उस जगह गया था। वह जगह अपने नाम को सार्थक करती है। और वह छोटे से जंगल से ज्यादा आतंकदायी है।

और इस तरह मैंने हर कहीं भी जापानी सैनिकों के शव दफनाए।

परंतु मैंने जल्दी ही अनुभव किया कि यह कितना बड़ा काम था छोटे-छोटे से जंगल में भी उन्हें दफनाने में काफी समय लगता। फिर मैं उन्हें छोड़ नहीं सकता था वहीं। यह अकेली जगह थी, क्योंकि मुझे खुद इसका पता नहीं था कि अभी कितने राष्ट्रवासी बर्मा के विस्तार में बिना दफनाए पड़े हैं। मृतकों की अतृप्ति आवाज़ मुझे बुला रही थी। मुझे कुछ-न-कुछ करना ही था। मुझे वहां जाना था। मैं देखना चाहता था कि मैं कितना खुश होऊंगा मैंने इस पर काफी सोचा। मैं मुडान की तरफ भी जल्दी जाना चाहता था। मुझे वहां जाना था मैं देखना चाहता था कि मेरे साथी कैसे थे, उन्हें देखना चाहता था, मैं सोचता था कि अपने दस्ते में वापस जाकर मैं कितना खुश होऊंगा, मेरे दस्ते के लोग मुझे पाकर कितने खुश होंगे जितना ज्यादा मैंने इस पर सोचा मेरी स्थिति, नियति इससे बुरी ही बनती, दीखती गयी। मुडान अभी काफी दूर था और इस गति से वहां पहुंचने में सालों लग सकते थे।

जितने भी मृत शरीर छोटे जंगल में पड़े थे किसी तरह दफना दिए। और मैं रास्ते पर आगे बढ़ता हुआ एक दलदल नदी के किनारे जा पहुंचा। वह शितांग नदी थी। जब मैं पार जाने के लिए नाव ढूंढ़ रहा था मैंने एक भयावह दृश्य देखा।

वहां सड़कों पर मृत शरीर पड़े सड़ रहे थे। वे जैसे नदी के दलदल में फेंक दिए गए थे। दलदल की बदबूदार झाग और गाढ़े झागनुमा पानी में वे शरीर जैसे एक जगह जमा कर दिए हों। लगता था जैसे उनके सामान कपड़े आदि छीन लिए गए थे। संभवतः यह हमारे सैनिकों का नदी पार करने का स्थान था, जहां पीछे हटते हुए अनेक मृत्यु को प्राप्त हुए थे।

मैंने अपना चेहरा हाथों से ढक दिया। यह काम मेरी सामर्थ्य से बाहर था मैं इसे नहीं कर सकता था।

इसलिए मैंने उन्हें दफनाने की कोशिश ही न की। मैंने खुद को समझाया, मरने वाले मर गए कोई क्या कर सकता है। मैं उन अभागे लोगों के लिए बहुत दुःखी था, लेकिन उनमें से हर एक की चिंता करने के लिए रुक नहीं सकता था। अपने दस्ते में फिर शामिल होने जा रहा था। जापान वापस जाने के लिए और एक नया जीवन शुरू करने। यही मैं अपने दिल से करना चाहता था।

मैंने अपने आपको तैयार कर लिया था। और मैं काफी संतुष्ट था, मैंने नदी तट जाकर एक नाव ली फिर छकड़ों से और कभी रेल से यात्रा करता हुआ मैं जल्दी ही मुडान पहुंच गया।

जब मुडान पहुंचा मेरा दिल उत्तेजना में छलकने लगा। फिर मैं शहर बाहरी हिस्से के जंगल में एक आदमी से मिला और मैंने उससे शहर के बारे में पूछा। तभी उसने पांच तोतों को पकड़ने के लिए एक विशाल पेड़ काटा था। उनमें से उसने मुझे हरा तोता दिया। इसके बाद जहां भी मैं गया तोते को अपने साथ ले गया। और वह वही पक्षी है जो मैं इस चिट्ठी के साथ भेज रहा हूं।

जिस आदमी से मैंने बात की थी उसने बताया कि जापानी युद्ध बंदियों के शिविर मुडान में थे। और उनमें एक कैदियों का दस्ता हमेशा गाने में मस्त रहता था। तब मैंने जाना कि तुम लोग अभी वहीं हो, और शहर की ओर जल्दी-जल्दी जाते मैं करीब-करीब खुशी में झूम रहा था। काफी पूछताछ के बाद मैं तुम लोगों के शिविर तक पहुंचा उस वक्त तक काफी रात हो गई थी। और कैंप बंद हो गया था। खिड़की से छनकर आती हुई लैम्प की रोशनी नजर आ रही थी।

उस रात मैं बाड़ के बाहर भरे दिल से कैंप की ओर ताकता रहा। जब रोशनी बुझ गयी तो एक बार तो मैं कांप उठा, मैंने कैप्टेन जैसी एक आवाज़ सुनी और मैंने वह जगह छोड़ी। रात रहने के लिए बौद्ध मठ में शरण मांगी।

दूसरी सुबह मैं जल्दी जाग गया, अभी अंधेरा ही था। जल्दी फौजी दस्ते तक पहुंचने के लिए मैं बिस्तर से कूदा और कपड़े पहनने लगा। आज मैं अपने फौजी दस्ते में शामिल हो सकता हूं। मैं यह सोचता रहा अब तक तीन महीने हो चुके थे उन्हें छोड़े। इस बीच तो बहुत कुछ घट चुका होगा। मैं इतना उत्तेजित और खुश था कि कपड़े पहनते हुए मेरे हाथ कांप रहे थे। नए पीले वस्त्र पहने, जो बौद्ध मठ ने दिए थे, और अपना भिक्षा पात्र उठा चलने को हुआ। वे सब सचमुच मुझे इस वेश में पाकर चौंकेंगे। मैंने हंसते हुए खुद से कहा, मैं जानता हूं। वे सब मुझे देखकर खुश हो जाएंगे।

यह तो मैंने बाद में जाना कि मठ के बगीचे से आ रही वीणा की आवाज़

से मैं जागा था।

कोई धीरे-धीरे 'मेरे प्रिय घर' की धुन उठा रहा था। थोड़ी देर मैंने वह धुन सुनी, मैंने बाहर जाकर देखा कि कौन बजा रहा है, क्योंकि उत्सुकता को लंबे समय से दबा न सका। वहां धूमिल उजास में एक छोटा बर्मी लड़का वीणा पर अभ्यास कर रहा था। मैं उनके पास गया और मैंने उससे पूछा कि वह इतनी सुबह क्यों वीणा बजा रहा है ?

"मैंने आपके आराम में बाधा पहुंचाई है। मैं इसलिए शर्मिंदा हूं।" उसने झुककर जवाब दिया, "मैं यहां रसोईघर में सोता हूं। किंतु हर दिन अपनी जीविका के लिए बस वीणा के साथ बाहर चला आता हूं।"

"तुम वह धुन क्यों बजा रहे थे ?"

"क्योंकि अंग्रेज उसे सुन कर पैसे देते हैं।"

मठों के द्वार खोलने में अभी कुछ वक्त था, मैंने उससे वीणा ली और धीरे-धीरे उस गीत की धुन बजायी, लड़का आंखें फाड़े वह देखता रहा। अगर वह उसी तरह बजाएगा तो ज्यादा पैसा कमा लेगा।

सचमुच यह भी उसके भविष्य के लिए अच्छी बात थी। मैं अपने लोगों के बारे में ज्यादा जानना चाहता था। परंतु एक बार कैंप में उस सुबह उस लड़के ने मुझे एक अजीब सी खबर सुनाई।

शहर में अंग्रेजों द्वारा चलाया जाने वाला एक अस्पताल है। वह बता रहा था, जब कोई रोगी मरता है तो वे उसे अस्पताल के कब्रिस्तान में दफना देते हैं। अंग्रेज डाक्टर और नर्सें शव यात्रा में शामिल होते हैं। और अगर मैं रास्ते में इंतजार करूं और यह गीत बजाऊं तो लौटते वक्त वे मुझे चांदी के सिक्के तक देते हैं। वहां के एक देखभाल करने वाले के मुताबिक आज भी दूसरी शव यात्रा होगी। पता चला है कि बहुत सारे जापानी सैनिक पहाड़ों की एक गुफा में लड़ाई के दौरान लड़ते रहे, बाद में उन्होंने आत्म-समर्पण कर दिया था, उनमें से घायलों को अस्पताल में लाया गया था। लोग सारे शहर में इसी बारे में बात कर रहे थे, कि वे कितनी भयंकर हालत में थे। उनमें से कुछ मर गए थे। जिन्हें आज इस शव यात्रा के साथ ही दफनाया जाना है। इसलिए अगर मैं यह गीत गाऊं तो निश्चित रूप से ज्यादा पैसा कमाऊंगा।

क्या वे घायल उसी तिकोनी चोटी के हैं। मुझमें उत्सुकता जागी। मेरे छोड़ने के बाद लोगों पर क्या बीती होगी। उन लोगों से सीधे बात नहीं कर सकता था। मैं उनके बारे में ज्यादा जानना चाहता था, परंतु एक बार कैंप में चले जाने के बाद यह नामुमकिन था, इसलिए मैंने तय किया कि पहले

अस्पताल जाकर पूछताछ करूंगा।

मठ का दरवाज़ा खुलते ही मैं उस लड़के के साथ अस्पताल गया। परंतु अभी इतनी सुबह थी कि कोई भी अस्पताल भवन से बाहर न आ रहा था, वहां कोई भी न था जिससे मैं कुछ पूछता।

तभी मैंने पवित्र धार्मिक गानों की आवाज़ें सुनीं। वह एक तरह का मिला-जुला सहगान था, ज्यादातर औरतों की आवाज़ में। और वह आवाज पास की कब्रिस्तान से आ रही थी। जो अस्पताल के पीछे एक छोटे से निकुंज में था।

मैं निकुंज के अंदर गया। पेड़ सुबह की ओस से गीले थे। और एक तरल सफेद हवा उनकी शाखाओं से लटक रही थी। छोटा सुव्यवस्थित रास्ता मुझे हवा में साफ दीखा, क्रास चिह्नों या ताबूत किस्म के कब्र के पत्थरों की पंक्तियां आगे बिखरी हुई थीं। कब्रिस्तान के एक सुदूर कोने में कुछ अंग्रेज खड़े थे।

एक विशाल यूकलिप्टस वृक्ष के पीछे छिप कर मैंने उन सबको देखा। उनमें से ज्यादातर नीली गुलाबी गालों वाली तथा कसे हुए यूनीफार्म पहने नर्सें थीं। आदमी नंगे सिर थे। दफनाने की रस्म खत्म हुई और वे कोई धार्मिक गीत कब्र के पास खड़े होकर गा रहे थे। अपना गीत खत्म करने के बाद वे प्रार्थना में कुछ क्षण झुके और फिर चुपचाप चले आए।

उनके जाने के बाद मैं वहां तक गया तो मैंने पाया कि विशाल कब्र पत्थर छोटी माला से सुसज्जित था। उस पत्थर पर खुदा था 'यहां अनजान जापानी सिपाही विश्राम ले रहे हैं।'

मैं कुछ देर वहां हैरान-सा खड़ा रहा तब मैंने वीणा पर 'मेरा प्रिय घर' धुन कब्रिस्तान के दरवाज़े के निकट बजती सुनी। जैसे उससे खिंचकर मैं मंद भाव से कब्रिस्तान के दरवाज़े की ओर चल पड़ा। मैं शर्म से जला जा रहा था। उन मृत शरीरों को, जो नदी दलदल में डूबे पड़े थे, पीछे छोड़ने की ग्लानि से अब मैं खुद को कितना दयनीय और निकृष्ट समझ रहा था।

अपने ही अंदर फुसफुसाती एक असंतुष्ट किंतु आदिम आवाज़ को मैं सुन सकता था। विदेशियों ने हमारे बीमार और घायलों की सेवा की, मृतकों को दफनाया और उनकी आत्माओं की शांति के लिए प्रार्थना की। तुम अपने साथियों के मृत शरीरों को सितांग नदी या जंगलों या घाटियों में हवा के सहारे नहीं छोड़ सकते। तुम्हें अभी जानना है कि 'मेरा प्रिय घर' तुम्हारे अपने दोस्तों की उत्कुट इच्छाओं वाला गीत नहीं है। सारंगी हर आदमी के घर की शांति की कामना करती है। ये धुनें सुनकर उन्हें कैसा महसूस होगा, जिनके मृत शरीर

विदेशी भूमि पर खुले पड़े हैं। क्या तुम इस देश से उन लोगों के लिए बिना विश्राम स्थल खोजे जा सकते हो ? क्या तुम बर्मा छोड़ सकते हो ? वापस जाओ अपने पद चिहन फिर से खोजो। सोचो तुमने अपनी इस यात्रा में क्या कुछ देखा था। क्या तुम उन्हें यों ही छोड़ देना चाहते हो ? क्या तुममें उत्तर की ओर लौटने का साहस नहीं है ?

मैं उस आवाज़ की उपेक्षा नहीं कर सका। एक अनपेक्षित कर्तव्य मुझ पर आ पड़ा और मुझे जितनी जल्दी संभव हो यह कार्य कर लेना है। कैंप में जाने की बजाय मैं सीधे शहर की ओर चला गया।

अब भी मैं अपने पुराने साथियों को एक बार देखना चाहता था, चाहे दूर से ही क्यों न हो। मेरे कदम शिथिल हो गए। लौट-लौटकर मैं कैंप की तरफ चला ही गया। परंतु वहां कोई नहीं था, मैंने घंटों प्रतीक्षा की, किंतु आप लोग कहीं बाहर किसी मरम्मत के काम पर गए हुए थे। निराश किंतु ज्यादा देर इंतजार करने में असमर्थ मैं एक बार फिर चल पड़ा। जैसे मुझे कोई चीज खींच ले जा रही हो।

मैं जल्दी ही मुड़ान के बाहर आ गया और जैसे ही मैं नए मरम्मतीय पुल को पार कर रहा था मैंने तुम लोगों को अपनी तरफ आते हुए देखा। मैंने तुम लोगों में किसी को नहीं पहचाना, क्योंकि तुम्हारे युद्ध बंदियों के वस्त्रों में तुम्हारे चेहरे अजीब लग रहे थे। जब पुल आधा पार कर लिया तब मुझे पता चला। तब जैसे-जैसे हम पास आते गए, मैंने अपने को निपट अवसाद और हैरानी में खुद को कांपते पाया। मैं बयान नहीं कर सकता, जब हम लोगों ने गुजरने के लिए एक-दूसरे को रास्ता दिया तब मेरे दिल में क्या था ? लंबे अर्से के बाद मैं अपने पुराने साथियों, दोस्तों के सामने आया था। किंतु इस वक्त तक मैं उत्तर दिशा की ओर जाने का निश्चय कर चुका था, क्योंकि मैं आप लोगों में शामिल नहीं हो सकता था। इसलिए यह बात मुझे अपने तक रखनी थी। मैं कौन था ? मुझे आप लोगों को यह भी सोचने देना था, मिजूशिमा मर गया था।

उसके बाद हरा तोता अपने कंधे पर रख मैं तेजी से उत्तर की ओर चल पड़ा।

जब कैप्टेन इतना पढ़ चुका तो जो तोता शामियाने की रस्सियों पर बैठा था, चिल्लाया, "आह मैं घर नहीं जा सकता।" उसकी आवाज़ आलाप के रूप में लंबी हो एक शोकाकुल आह में दुबारा गुजरी। हम सबने लंबी सांस ली और समुद्र की तरफ देखा।

शाम हो रही थी और जल डमरू मध्य के विविध रंग वर्णहीन हो रहे थे। अब यह एक ऐसा दृश्य था जैसा फोटोग्राफ के कैनवेस पर होता है। सुमात्रा और मलाया के प्रायद्वीप अभी भी हमारे चारों तरफ पानी के ऊपर घूम रहे थे। इधर-उधर दिखाई देने वाली खाड़ी के प्रदेश पहले ही गहरे अंधेरे साये में डूब चुके थे। उनमें से कुछ बंदरगाह पर खड़ी मछली पकड़ने वालों की नावों की रोशनी से चमक रहे थे। लहरें एक रस भाव हमारे जहाज के हिस्सों से टकरा कर अकेली आवाज़ें पैदा कर रही थीं। हमारा जहाज अच्छी गति से चल रहा था। लेकिन जैसे ही अंधेरा छाने लगा उसके हिचकोले कुछ कम हो गए थे। कैप्टेन पढ़ता गया।

मैं अब एक मठ में हूं, जहां मैंने यह खत लिखते हुए रात बितायी। करीब-करीब सुबह हो रही है, चांद नीचे चला गया है, बगीचे में नारियल वृक्ष के नीचे एक लैंप दूसरी तरफ लटक रहा है। कई तारे डूब रहे हैं।

आप लोग कल्पना कर सकते हैं मुझसे अपने आप को प्रकट करने की कि मैं मिज़ूशिमा हूं कितनी चाह है। परंतु अगर किसी को पता चलता है कि जापानी हूं तो मुझे किसी युद्ध बंदी कैंप में भेज दिया जाता। मुझे अपना नया दायित्व छोड़ देना पड़ता। मैंने अपने लोगों के लिए बहुत बार खत लिखने शुरू किए परंतु फिर छोड़ दिए। अपने आपको यह कहकर कि मुझे अतीत के बंधन भूल जाने चाहिए, क्योंकि मैं घर नहीं लौट सकता था। और अपने लोगों के साथ काम नहीं कर सकता था। इसलिए मेरे लिए ज्यादा कष्टदायक होता कि आपको बताऊं कि मैं जिंदा हूं। बाद में जब मैं एक सचमुच का बर्मी भिक्षु बन गया था, कार्पोरल मिज़ूशिमा नाम से पुकारे जाने वाले आदमी का कोई अस्तित्व नहीं था।

लेकिन तब भी मैं कहीं दूर अपने मृत देशवासियों को दफना रहा था।

मैं अपने को आप लोगों के बारे में सोंचने और परेशान होने से नहीं रोक सका। तब मैं मुडान वापस आता और बाड़े के बाहर खड़े होकर आप लोगों का गाना सुनता। मैं अतीत राग से भर उठता और याद करता कि मैं भी कैसे आप लोगों के साथ गाया करता था। मैं हमेशा व्यग्रता पूर्वक यह जानने के लिए भटका करता कि आप लोग कब जापान लौट रहे हैं। और इसीलिए मैं मुक्ति की सांस लेता जब मुडान वापस आकर मैं अपने दस्ते को अभी भी वहीं पाता।

मेरे पालतू प्यारे तोते ने वे शब्द सीख लिए थे। जो मैं अपने में फुसफुसाया करता था। मैं कल्पना करता हूं कि वह अब आपके पास होगा। उसकी जगह आपका तोता मेरे कंधे पर बैठा हुआ है। यदाकदा यह पुकार उठता है। 'हे मिजूशिमा चलो, साथ-साथ जापान वापस चलें।' किसी-न-किसी तरह यह बात हमेशा भयभीत करती है।

फिर मैं कभी वापस नहीं आऊंगा। तब तक नहीं जब तक मैं अपना कार्य पूरा नहीं कर लेता। कल तो मैं अपने होश गंवा बैठा था। अपनी अर्से से उठाई कसम भूल चुका था और आप लोगों की विदाई में वीणा बजाने लगा था। और जैसे ही कैंप के उस स्थान से चलने लगा था दोनों कंधों पर बैठे तोते अपनी- अपनी बातें मेरे कानों में चिल्ला रहे थे। मुझे उनमें से एक चुनना था। परंतु मेरा निर्णय साफ था। अनगिनत अनजान मृतकों की लावारिस हड्डियां मुझे बुला रही थीं। वे मेरी प्रतीक्षा कर रहे थे। मैं उनकी उपेक्षा नहीं कर सकता था।

मुझे उम्मीद है आप लोग मुझे क्षमा करेंगे।

जब मैंने मुडान पहली बार छोड़ा तब मैं सीधा सितांग नदी के तट पर पहुंचा। जापानी सैनिकों के पीछे हटने के दौरन सब तरह के साधन छिन्न-भिन्न हो गए। हमारी सेनाएं हड़बड़ी में भागने लगी थीं। परिणामस्वरूप सारे बर्मा में इस तरह के त्रासद नुकसान हुए।

सितांग के इस इलाके में रहने वाले स्थानीय लोगों ने बताया कि सैनिकों के दस्तों ने रात में अनेक बार नदी पार करने की कोशिश की। वह तो उन्होंने यहीं से दो सौ गज के करीब नदी तट पर दस-दस आदमियों सहित छोटे-छोटे बेड़ों की सहायता से नदी पार करने की कोशिश की। परंतु बेड़े बीच धाराओं में फंसकर विकराल नदी के प्रवाह में बह गए। कुछ तो सीधे समुद्र में गए होंगे, कुछ नदी तट पर जंगलों के बीच किनारे लगे होंगे। उन्होंने बहुत-सी जगहों से पार करने की कोशिश की। रात में स्थानीय लोग अक्सर सहायता मांगती चीखें उन बेड़ों से निकलती सुनते थे।

हर पार करने वाली जगह कुछ-न-कुछ जाने लेती थी। परंतु कुछ ऐसे

सैनिक भी थे, खासकर वे जिन्हें दस्त लग गए थे। या पेट भर खाना न मिल पाने के कारण जीना नहीं चाहते थे। उन्होंने खुद को खत्म करने का जरिया पा लिया था। भागती फौजों के हथगोलों के विस्फोट की आवाज़ें अक्सर खेतों, छोटे जगहों पर पीछा करती हुई गुजरती। स्थानीय लोगों को मालूम था कि हर विस्फोट का मतलब एक आत्महत्या थी।

ऐसी बहुत सारी संख्या उन अनकही, अनजानी घटनाओं की होगी, जो सिर्फ भुला दी गयी हैं। जैसा मैंने देखा वैसा कोई कैसे देख पाता ? और उस बारे में कुछ न करता ? कैसे कोई अपने स्पष्ट विवेक से उसकी उपेक्षा कर पाता, या कह पाता कि उसका इससे कोई ताल्लुक नहीं था ?

स्थानीय लोगों और पास के गांवों के भिक्षुओं की सहायता से मैंने उन मृत शरीरों को रेतीले नदी तटों पर दफनाया। और जिस वक्त हम रेतीले तट खोद रहे थे। मैंने एक बड़ा माणिक्य पाया–वह एक प्रसिद्ध बर्मी मणि था। वह गहरी लाल धाराओं में विलक्षण ढंग से चमकता था।

अपने हाथ में उस माणिक्य को रखते हुए मुझे मृत सैनिकों की आत्माएं याद आईं। मैं मृत सैनिकों के अवशेष अपने साथ हर जगह नहीं ले जा सकता था, इसलिए मैंने इस मणि को बर्मा से मृत सैनिकों की आत्मा के प्रतीक के रूप में अपने पास रखा। इसके बाद हमेशा वह माणिक्य मेरे पास रहा। जब मैं किसी मंदिर में गया, मैंने मंच पर इस मणि को रखकर पूजा की।

मैंने सुना कि अंग्रेज मुडान में एक विशाल शव यात्रा समारोह कर रहे हैं। मैं इस शव यात्रा में इस मणि को एक हिस्सा बनाना चाहता था। चाहे युद्ध शुरू करना एक गलत काम था किंतु एक नौजवानों को जिसे लड़ना पड़ा और मृत्यु को प्राप्त हुआ कैसे दोषी ठहराया जा सकता है। चाहे वे अंग्रेज हों या जापानी उनकी आत्माएं इस दुनिया से अलग हो गईं। सामूहिक शव यात्रा के लिए उम्मीद रखना या कम-से-कम एक स्थान में ऐसे अवशेष को ऐसी जगह में रखना–मैं सोचता हूं कि मृत अंग्रेज सैनिकों की आत्माएं इसका विरोध नहीं करेंगी। बल्कि इसके बजाय वे संभवत: अपनी कब्रगाहों में ज़ापानी आत्माओं का मुस्कराकर स्वागत करें। आखिर उस रात उस पहाड़ी गांव में युद्ध विराम के बाद शत्रुओं ने परस्पर एक दूसरे के हाथ संभाले थे।

इसलिए मैंने माणिक्य को सादे लकड़ी के डिब्बे में रखा उसे एक कपड़े में लिपटे और अपने गले से लटका कर शव यात्रा जलूस में भाग लिया। मैंने तब कब्रगाह भवन के एक ऊंचे कोने में उसे रख दिया।

स्मृति समारोह के दिनों में इस माणिक्य को भी हार्दिक श्रद्धांजलि अर्पित

की गई। जापानियों में सिर्फ मैं ही वहां उपस्थित था।

जो भी हो, वह माणिक्य उस भवन में हमेशा के लिए नहीं छोड़ा जा सकता था। मैं उसके लिए ब्रितानी मृतकों के अवशेषों को उनके देश भेजा जाने से पहले दूसरी जगह खोजनी थी। मैं ऐसे गुप्त स्थान की तलाश में जा रहा था। जिससे कोई बाधा न पहुंचे। अचानक मुझे विशाल झुके हुए बुद्ध के अंदर रखने का ख्याल आया। उसके बाद मैं बुद्ध प्रतिमा के अंदर प्रतिमा के पांवों के पास वाले दूसरे रास्ते माणिक्य वाले डिब्बे को ऊंची जगह बना दफनाने के लिए हमेशा जाता रहा। रास्ता सिर्फ आस-पास के भिक्षुओं को ही पता था।

बुद्ध प्रतिमा के अंदर के दमघोट खोह के आंधेरे में बैठा मैं बहुत थका महसूस करता था। आराम करने के लिए मैंने पीठ दीवार से लगा ली नींद की हल्की झपकियां लेते हुए मैंने आप लोगों को गाते सुना।

नींद से चौंक कर मैं स्वतः ही अपनी वीणा खींच लाया। इस देश में अपनी यात्रा के दौरान हमेशा मैंने अपनी वीणा साथ रखी। जब मैं मुडान आया तो मैंने अक्सर उस लड़के के साथ वीणा पर धुनें बजायीं। इसलिए उस दिन भी वह वीणा मेरे पास थी। आप लोग उस अनजान स्थान की आवाज सुनकर अवश्य चकित हो उठे होंगे।

मेहरबानी करके मुझे आप माफ कर दीजिए। परंतु जब वीणा बजा रहा था तब मेरा मकसद था कि मेरे प्यारे दोस्तो, चलो साथ-साथ गाएं यहां मैं जीवित हूं।

उसके बाद अब आप लोग दरवाज़ा थपथपा रहे थे। तब मैं आवेश में अपनी मुट्ठीयां कसे अंदर खड़ा था। मैंने आप लोगों की हर आवाज़ पहचान ली थी। परंतु क्योंकि मैं अब एक भिक्षु था, मैं दरवाज़ा खोल कर आप लोगों से गले मिल सकता था।

जब काफी शांति हो गई तब मैंने एक सीढ़ी से चढ़कर बुद्ध की आंखों से बाहर झांका। मैंने आप लोगों को एक भारतीय सैनिक के साथ मंदिर की तरफ जाते देखा।

मैं एक बर्मी भिक्षु बन गया। सितांग नदी के पास के शव दफनाने का कार्य खत्म करके मैं पास ही एक मंदिर में गया। और मुझे भिक्षु के पवित्र आदेश लेने की इजाजत दे दी गई। मैं जहां भी गया और जब भी संभव हुआ पढ़ना जारी रखा और धार्मिक आत्मसंयम का अभ्यास किया। मैंने मंदिर का यह ताबीज़ छोड़ दिया जो मुझे नरभक्षी कबीले के मुखिया की लड़की ने दिया था। लेकिन बाद में मृत लोगों को दफनाने के मेरे महत कार्य की मान्यताओं के एवज में

मुझे दूसरा ताबीज दिया गया।

जो काम करना चाहता था वह दिन-ब-दिन बढ़ता दिखाई देता है। मुझे केवल मृत जापानी सैनिकों की मृत आत्माओं को विश्राम शांति नहीं देनी थी अपितु बर्मी भिक्षु के रूप में अपने कर्त्तव्यों की पूर्ति भी करनी है और मैं वह कुछ करना चाहता हूं, जो मैं इस देश के निवासियों के लिए कर सकूं।

मैं बौद्ध धर्म दर्शन पढ़ना चाहता हूं। उन पर आश्रित उन्हें अपना ही एक हिस्सा बनाना चाहता हूं। हम और हमारे देश-वासियों ने उस पीड़ा को नहीं सहा। बहुत से अबोध लोगों को विवेकहीन कार्य के लिए शहीद होना पड़ा। नौजवान अपने घरों, नौकरियों, स्कूलों से केवल इसलिए निकाल दिए गए कि उनकी हड्डियां सुंदर देश की धरती पर धूल बनती रहीं। मैं जितना ज्यादा इस पर सोचता हूं तो ग्लानि मुझे घेरती है। हम मूल विचार की तरफ विचारहीन हो रहे थे। हम जीवन के अर्थ के बारे में सोचना भूल चुके हैं।

मैंने भिक्षु के रूप में अपने शिक्षण के दौरान बहुत कुछ सीखा। प्राचीन काल से यह धर्म मानव जीवन और विश्व के बारे में गंभीर, असाधारण साधना और चिंतन के रूप में समर्पित रहा। जो इसकी शिक्षाओं में अपने को स्वेच्छा से लगा देते हैं, अनेक तरह के खतरनाक परीक्षण और क्रूर आत्मसंयम के बीच सत्य को पाने के लिए गुजरते हैं। उनका साहस किसी सैनिक जैसा ही महान है, उनकी लड़ाई अदृश्य दुर्ग पर विजय प्राप्त करने की होती है। इस निमित्त जैसा मैं आपको बता चुका कुछ आधे नंगे होकर बर्फ से ढके हिमालय में रहते हैं।

हम जापानियों ने आध्यात्मिक चिंतन के लिए अति उत्साह से काम करने की परवाह ही नहीं की। हमने तो यहां तक कि उनके मूल्यों को मान्यता नहीं दी। हम जिस चीज़ पर जोर देते हैं यह सिर्फ आदमी की काबिलियत है, वह जो कर सकता है, वह कैसा आदमी है, कैसे रहता है उसकी विचारणा में कितनी गहराई है हमने इसकी तरफ ध्यान नहीं दिया। मनुष्य होने के गुण सम्पन्नता विनम्रता, आत्मसंयम पवित्रता आत्मसाक्षात की सामर्थ्य और दूसरों की सहायता, इन सब गुणों से हम अपरिचित रहे।

मैं इस विदेशी भूमि में एक भिक्षु की हैसियत से अपने बाकी जीवन में यही खोजने की उम्मीद करता हूं।

जब मैं पहाड़ों पर चढ़ा, नदी और पैदल मार्ग पार किए और मृत शरीरों को, जो मैंने घास-फूस में दबे या नदी के जल में फूल गए थे दफनाया तो मुझे पीड़ित करने वाले सवालों ने परेशान किया। क्यों संसार में इतना संताप है ?

क्यों इतना ज्यादा अव्यक्त किस्म की असहनीय पीड़ा है, हम क्या सोचें ?

परंतु मैंने सीखा कि इन सवालों का समाधान मनुष्य कैसे नहीं निकालेगा ? इस पीड़ाग्रस्त संसार में थोड़ी-सी भी मुक्ति दिलाने के लिए हम यही कर सकते हैं। मेहनत करें, हमें सामर्थ्यशील होना चाहिए कितना ही संताप कितनी ही हीनता, कितनी ही बेईमानी या फूहड़ता का हमें सामना क्यों न करना पड़े इनकी कोई परवाह नहीं, हमें आशंकित रहते हुए अपने चरित्र की दृढ़ता शांतिपूर्वक प्रदर्शित करनी चाहिए। यह मेरी आशा है कि मैं इस प्रतिबद्धता के साक्षात के लिए अपने आपको धार्मिक जीवन में लगा दूं।

आगे, मैं कभी भी अपने को हैरान होने से नहीं रोकूंगा कि बर्मा के लोग चाहे निश्चित रूप से निरुपयोगी, योगमार्गी आलसी हैं। सब विनम्र और प्रसन्न हैं।

वे हमेशा मुस्कराते रहते हैं। ईर्ष्या द्वेष से मुक्त वे परस्पर शांतिपूर्वक रहते हैं। उन लोगों के बीच रहते हुए विश्वास दृढ़ हो गया है कि ये महान मानवी गुण हैं।

हमारे देश ने युद्ध जारी किया–पराजित हुए। और अब पीड़ा भोग रहे हैं। यह इसलिए कि हम ईर्ष्यालु हैं, क्योंकि हम इतने अभिमानी हैं कि हम मानव मूल्यों को भूल गए। क्योंकि हमारे पास सभ्यता की एक बहुत ही सतही परिकल्पना थी। निश्चित है कि इतने उदात्त नहीं हो सकते हैं जितने इस देश के लोग हैं और अपने जीवन की कल्पना का स्वप्न उनकी तरह नहीं ले सकते। परंतु हम उतने शक्तिशाली नहीं रह सकते और फिर लालची भी नहीं हैं। क्या यह जापान और समग्र मानवता के लिए परम आवश्यक नहीं।

हम सचमुच कैसे बचाए जा सकते हैं, और हम दूसरों को बचाने में कैसे सहायता कर सकते हैं, मैं इस पर सावधानी से विचार करना चाहता हूं। मैं सीखना चाहता हूं, इसी वजह से मैं इस देश में रहना चाहता हूं। यही काम करते हुए, यहीं इस देश की सेवा करते हुए।

मेरे प्यारे साथियों, मैं तुम्हें नहीं बता सकता कि इस विदा का मेरे लिए क्या मतलब है। जिस दिन का मुझे डर था वह आखिर आ ही गया। जब मैं सुदूर इलाकों में कई हफ्तों के बाद मुडान आया तो मैंने सुना कि मेरा दस्ता कल सुबह जापान जाने वाला था मैं उस खबर को अनचाही शांति से सुनने के काबिल हो गया था। मैं आप लोगों के प्यार और मुझे पीछे छोड़ जाने के साहस का आभारी हुं। मैं बर्मा में रहूंगा, इस देश को प्यार करता हूं। और हर जगह, बर्फ से ढकी पहाड़ी चोटियों से लेकर दक्षिणी तटों के चमकते किनारे

तक भटकता रहूंगा। और जब आप लोगों के लिए मेरी इच्छा बहुत ज्यादा असहनीय हो जाएगी तब वीणा बजा लिया करूंगा।

मैं अपनी इस मित्रता को कभी नहीं भूलूंगा। मैं आप लोगों की खुशी के लिए अपने हृदय के अंतरतम से प्रार्थना करता हूं।"

कैप्टेन ने पत्र पढ़ना खत्म किया।

हम सब वहां शब्दहीन, भरे हृदयों से, जिन्हें व्यक्त नहीं कर सकते, बैठे रहे। परंतु अब दुःखी नहीं थे। क्योंकि हम मिज़ूशिमा की सच्ची भावनाएं जान गए थे।

हम सब अपने उस भविष्य को स्वीकारने के लिए तैयार महसूस करने लगे जो आने वाला था।

जल्दी ही रात पड़ गई और हिंद महासागर के धरातल पर असंख्य चमकीले आदिम जीव चमकने लगे। लहरों में आदमी के हाथ के बराबर भुतहा आकार प्रस्फुटित होते, कुछ देर मंद चमकते और फिर सफेद झाग में जो अंधेरे में भी दिखाई देता विलीन हो जाते। लगता था जीवों के कुछ समूह जहाज के कुछ हिस्सों से चिपक भी जाते होंगे। पक्षी तो हमारे पीछे भी आते और कुछ बहुत जल्दी पीछे छूट जाते। ऐसा लगता था जैसे मृतकों की आत्माएं लहरों के बीच प्रमुदित हो रही हों।

हमारे सिरों के ऊपर विशाल आसमान में तारे विलक्षण आलोक में चमक रहे थे। जैसे ही जहाज धीरे-धीरे हिचकोले लेता उसके मस्तूल सुदूर तारों के क्षेत्र में फहराते नज़र आते, परंतु कभी-कभी हमें लगता जैसे मस्तूल स्थिर हों और उनके चारों तरफ तारे नाच रहे हों।

हम सब मीठे स्वरों में गाते। लहरों की आवाज जहाज, पूरे जहाज को अपने में लपेट लेती। और हम उमड़ती जल लहरों के बीच से उठता, एक वीणा की आवाज़ सुनते।

दिन-प्रतिदिन धीमी-धीमी चाल से जहाज चला जा रहा था। सुबह और शाम आसमान में बादलों से परे हम ताकते रहते। यह खोजते कि शायद जल्दी ही हमें जापान भूमि दिखाई दे...।

●●●